の秘命 箱館奉行所始末2

森 真沙子

時代小説

二見時代小説文庫

目次

箱館奉行所・主な登場人物

箱館奉行所《はこだてぶぎょうしょ》……享和《きょうわ》二年（一八〇二）、将軍家斉《いえなり》の世に、それまで松前藩《まつまえ》に委《ゆだ》ねられてきた広大な蝦夷《えぞ》は幕府の天領《てんりょう》（直轄地）となり、箱館に初めて奉行所が開かれた。ロシアが軍艦を率いて開国を迫ったのは、箱館奉行所が開かれた直後だった。この奉行所は二十年続いたが閉鎖され、再び開かれたのは三十年後の安政《あんせい》元年（一八五四）。この奉行所を守るために幕府は十八万両をもって日本初を誇る堂々たる洋式城塞・五稜郭《ごりょうかく》を築いたのである。ペリー来航の圧力であった。

小出大和守秀実《こいでやまとのかみひでざね》……箱館奉行所第九代の奉行。二十九歳で奉行に抜擢《ばってき》されたのは、神奈川宿で起きた生麦《なまむぎ》事件の際、御目付外国掛として英国領事との交渉に立ち合った手腕を買われてのこと。少壮気鋭の知的で精悍な人物。

支倉幸四郎《はせくらこうしろう》……本シリーズの主人公。五百石の旗本支倉家を継いだばかりの二十三歳で箱館奉行所の支配調役《しらべやく》として蝦夷に渡る。剣は千葉道場で北辰一刀流《ほくしんいっとうりゅう》の腕。小普請《こぶしん》組から外国奉行の書物方に任じられて二年めに、箱館行きを命じられた。小出奉行のもとで様々な事件に出会う。

小出《こいで》大和守《やまとのかみ》の秘命——箱館奉行所始末2

第一話　雪達磨《ゆきだるま》は見た

慶応《けいおう》二年（一八六六）が明けた。

一昨年夏、江戸表《おもて》から箱館《はこだて》奉行所に赴任した支倉幸四郎《はせくらこうしろう》は、この地で二度めの新年を迎え、もうすぐ二十五だった。

箱館の正月は雪に覆われて、凧《たこ》上げや羽根付きなど華やいだ風景は見られず、殺風景なものである。

雑煮《ぞうに》を食べる習慣も蝦夷《えぞ》にはないが、和人《わじん》達はそれぞれ生まれ育った郷土の雑煮を作って、新年を祝う。

雑煮はもともと武士の野戦料理に発する縁起ものだから、武家の家にはどこも、伝統の雑煮がある。

支倉家は、カツオ節出汁《だし》のすまし汁に、里芋、大根、人参、小松菜、焼き角餅《かくもち》入りの、きりっとして質素な江戸前雑煮を、輪島塗《わじまぬ》りの黒い雑煮椀で出すのが常だった。

だが箱館の役宅では、通いの女中ウメが、具沢山《ぐだくさん》でこってりした雑煮を作って、大きなけやきの木椀に盛って供した。

「田舎雑煮でございますから、お口に合いますかどうか」

アゴ（トビウオ）と昆布で出汁を取った醤油仕立ての汁に、大ぶりに切った里芋、大根、人参、椎茸《しいたけ》、焼いた角餅などがごろごろ入り、上に小松菜、エビ、鮭《さけ》が所狭しと載っている。

水も凍る元日の朝、舌が焼けそうに熱いこの雑煮をふうふう吹いて啜《すす》ると、汗がどっと出る。使用人頭《がしら》の磯六《いそろく》や若党の与一《よいち》も同じ雑煮を食べるが、腹持ちがいいと皆喜んだ。

三賀日《さんがにち》は奉行所で年賀があり、毎日のように応接に駆り出された。

幸四郎は、調査を行う〝調役《しらべやく》〟だが、六人いる調役の最年少だったから、何かと使われやすく雑用が回ってくる。

時の箱館奉行は第九代、小出大和守秀実《こいでやまとのかみひでざね》、三十三歳。

箱館詰め、蝦夷地巡察、江戸詰めと三人いる奉行の中で、小出奉行は最年少で、配下の役職者より若かったから、八つ年下の幸四郎が何かと頼みやすいのだった。

この小出大和守は、浦賀《うらが》奉行、海防掛《かいぼうがかり》などを歴任した七千石の大身《たいしん》土岐頼旨《ときよりむね》の子に生まれ、千八百石の旗本小出家に養子に入った人物である。

四年前、薩摩《さつま》藩の行列にイギリス人が入り込んで斬られた生麦《なまむぎ》事件に、目付《めつけ》として関わり、その才を買われて、二十九の若さで箱館奉行に抜擢《ばってき》された。

奉行所は少し前まで箱館山の麓《ふもと》にあったが、この小出奉行の在任二年めに、亀田《かめだ》村の五稜郭《ごりょうかく》内に移された。開港によって、大砲を備えた諸外国の軍艦が続々と入港してくるため、奉行所が海に近くてはなならないからだ。

この奉行所を守るために、五稜郭は築かれた。

蘭学者武田斐三郎《たけだあやさぶろう》によって設計され、日本初を誇る堂々たる洋式城塞だが、難点は運上所《うんじょうしょ》（税関）や外国領事館の並ぶ中心街大町《おおまち》まで遠いこと。

馬で、四半刻《しはんとき》（三十分）近くかかる町にしばしば往復する幸四郎は、潮風と陽に焼かれて真っ黒に日焼けし、見違えるほど逞《たくま》しくなった。

一

奉行所の三賀日は、忙しかった。

まだ真新しい庁舎に、見物かたがた年始客が入れ替わり詰めかける。御用商人、市中警備をつとめる東北諸藩の留守居役《るすいやく》、産物会所の元締め、銭座《ぜにざ》の元締め、各町の乙名《おとな》(町長)……と年々その数は増えている。

各国領事の年賀は、洋風にしつらえた大町の運上所まで、奉行が出向いて受けた。その随員の一人として幸四郎も従い、下手《へた》な英語で応対につとめた。

だがその慌ただしさも、七草《ななくさ》が過ぎれば一段落する。

そんな一月八日の未明、幸四郎は半鐘《はんしょう》の音に目覚めた。

耳を澄ますと、火元が近いことを示す擦《すり》半鐘ではないか。その半鐘の音は、奉行所のものだ。

肝《きも》の冷える思いで飛び起きた。

役宅が集まっているこの屋敷町は、五稜郭の外にあり、北門を出てすぐ北側に広がっている。

「殿、起きてくだされ」

用人の磯六が廊下を走ってきて、障子《しょうじ》の外からそう呼ばわった時は、幸四郎の身じまいは整っていた。

だが三連打の半鐘はすぐに、鎮火《ちんか》を告げる二連打に変わった。

磯六が廊下の雨戸を開けると、馬が駆け抜けて行く音がして、馬上の者が何か叫んでいた。今度は若党の与一が走ってきて、肩で息をつきながら、火事は鎮火したと報告した。

「ただ今、外に出てみたところ、警備のお役人が火事は収まったから安眠されたし、と触れ回っておりました。奉行所の秣《まぐさ》小屋が燃えただけで、消し止められた模様でございます」

「それは重畳《ちょうじょう》……お前らも休め」

幸四郎は安堵して、床《とこ》に戻った。

その朝は寒気が厳しかったが、凍りついた日差しの中に春めいた柔らかさを探したくなるような、穏やかな日だった。

いつも通り登庁すると、まずは小火《ぼや》の現場を見回ってから、机に向かい書類を紐解《ひもと》いた。新年になって、ほとんど初めての仕事である。

そんな午後、近習がすり足でやって来て耳元で囁《ささや》いた。

「支倉様、お奉行がお呼びです」

幸四郎にいつもの緊張が走った。

最近は、奉行と直々《じきじき》に話す機会も増えているが、執務室に呼ばれることには未だに馴れない。新任早々の頃、ぶざまな失敗を繰り返し、小出奉行に厳しく叱責《しっせき》された記憶がまだ消えないのだ。

考えてみれば、当然だったと今は思う。

跡取り息子よ秀才よ、とチヤホヤされて育ち、自惚《うぬぼ》ればかり肥大した若い旗本《はたもと》が、蝦夷を僻地《へきち》と侮《あなど》り、嫌々ながらに赴任して来ては、使いものになるはずもない。

この騒然たる新興地では、一刻も早く土性骨《どしょうぼね》を叩き直し、骨太《ほねぶと》な役人に仕立てるのが、奉行の急務だったろう。

今ならそれが分かるが、当時は、あのかん高い奉行の声を耳にすると震えが走ったものだ。自分は役人には向いていないと悩み、早晩《そうばん》奥地に追いやられると邪推《じゃすい》し、毎日が針のむしろだった。

今でも、奉行の呼び出しがかかれば、みぞおちの辺りが一瞬収縮する。その名残《なご》りは、以後何年続くやら……。

襟《えり》を正し、気を集中させながら執務室に出向くと、小出大和守は文机《ふづくえ》に向かって、熱心に書き物をしている最中だった。広くはない室内に大きな火鉢が二つ置かれており、赤々と炭火が燃えているが、いっこうに暖かくはない。

奉行の背後の床の間には大きな鏡《かがみ》餅《もち》が飾られ、頭上に下がる小ぶりの繭玉《まゆだま》には、宝《たから》船《ぶね》や七福神が微《かす》かに揺らいでいる。

「支倉か、変わりはないか」

顔を上げず、手も止めずに奉行は言った。

その何げない問いかけは、奉行との距離を一気に縮めた。正月から何度も顔を合わせているが、こうして面と向かって話すのは、年末に、小出宅に招かれて以来である。

「はっ、変わりはございません」

幸四郎は畏《かしこ》まって答え、奉行は手を止めて顔を上げた。

正月でふっくらと太った者が多い中で、奉行の一文字眉と引き締まった端正な顔には、少しも緩《ゆる》みは見られない。

おもむろに両手を横の手焙《てあぶ》りにかざしたが、視線は再び心残りらしく、書きかけの書類に向けられた。

「いや、カラフトの情勢が悪いのだ。このままではあの地は、ロシアに食い尽くされてしまう。早急に動くべしと、再三こうして建白書《けんぱくしょ》を江戸に送っておるのだが……」

日頃、ほとんど感情を見せないその顔に、憂いの表情がよぎった。

幕閣の事なかれ主義にいらだつ以上に、最近の幕府の情勢悪化が浮かんだのだろう。将軍家茂《いえもち》は二度めの長州征伐《ちょうしゅうせいばつ》に赴《おもむ》いているが、長州の最新鋭の武器の前に、敗戦濃しと伝えられている。

ロシアとは、すでに和親条約が結ばれ、話し合いの態勢は整《ととの》っているのだが、幕府のゴタゴタで交渉は全く進められていない。

その間もカラフトへのロシアの蚕食《さんしょく》は続き、昨年七月には、クシュンナイという町にロシアの砲台が築かれ、多数のロシア人が移住したと情報が入っている。

「いや、それで呼んだわけではない」

小出奉行は、覗かせた憂いを表情から消した。

「昨夜の小火騒動のことだ。そなた、あれをいかに考える」

「は……」

いきなり言われて、とっさに言葉が出なかった。まさかあんなただの小火について、意見を求められるとは思わなかった。

騒動は、昨夜の九つ（午前零時）頃に五稜郭内で起こった。出火場所は北側の火の気のない秣小屋だが、すぐ風下に奉行所があるため、折からの強い北風にあおられ延焼の恐れがあった。

　まだ一年半の新庁舎を焼いては、大ごとである。

　だが好運にも、たまたま交代時間の近い当直が、最後の見回りかたがた番所から出て、雪を赤く焦《こ》がす火事に気がついたのだ。

　夜警二人は雪かき用具を鷲掴《わしづか》みにして駆けつけ、大量の雪を投げ込んだ。騒ぎを聞き、郭内の長屋に住まう警固の者らも飛び出し、半鐘を鳴らし、消火につとめた。

　小屋はほぼ焼けたが、類焼は食い止められたのである。

　すでにお掛りの現場報告も上がって、奉行はもう事件のあらましを承知しているはずだ。

　出火の原因としては、〝アイヌの付け火〟という噂《うわさ》が奉行所内に広まっており、奉行はその正否の判断を幸四郎に求めたのだろう。

　というのも年明け早々、五稜郭の正門付近に若いアイヌが十数人集結し、不穏《ふおん》な動きを見せていた。威嚇《いかく》するように濠《ほり》の周囲を馬で駆け巡り、門衛が出て行くと逃げ去ってしまう。

　連日、そんな行為が繰り返されていた。

それもこれも昨年秋、箱館の十八里ほど北に位置する二つのアイヌ集落で、墓暴《あば》き事件が発生し、未だ解決に至っていないことに原因があり、アイヌは怒っているのだ、と考えられた。

前代未聞《ぜんだいみもん》のその事件は、あり得べきことか、英領事館員によって引き起こされた。そのことが判明して以来、小出奉行は領事館に厳しい談判《だんぱん》を続け、落部《おとしべ》村で盗まれた十三体の人骨はついては、すべて取り返している。だが森《もり》村での四体が、年が明けてもまだ返されていない。アイヌたちの怒りが我慢の限界を超え、ついに暴発して火付けにと及んだ、と考えるのは当然だろう。

しかしそうした当然過ぎる推測に、幸四郎は多少の違和感を覚えていた。今朝現場まで足を運び周辺を歩いてみたのも、そのせいだった。

その結果、自分の感じた違和感は正しいのではないかと思えた。今、奉行に問われたのも、そのことだろうととっさに思い巡らす。

奉行も同じ印象を抱いているかもしれないと。

「それがし、先ほど、現場を見回って参りました」

幸四郎は言った。

「皆がアイヌの火付けだと噂していたので、確かめようと……。ですが、必ずしもアイヌのせいとばかりは断定出来ないと考えました」

「ほう、焼け跡で何が分かったか」

奉行の目が光った。

「いえ、それがし、火付けの方法を考えてみたのです。火矢《ひや》を放ったか、誰かが忍び込んだか、内部の者が付け火したか……」

昨夜は強い北風だったから、濠と林を越えて秣小屋に火矢を命中させるのは、いささか難しかっただろう。そう考え、的《まと》をそれた矢や、不燃の矢殻《やから》などがあったかと、周囲の林や濠を調べてみたが、そんなものは見当たらなかった。

「或いは一発命中かもしれませんが。忍び込んだ者がいたとも考え、足跡を探しましたが、消火活動で入り乱れ特定出来ませんでした」

「結論を申せ」

「アイヌがこの五稜郭に忍び込むのは難しく、内部の者の付け火の可能性が高いのではないか、と判断した次第です」

「では内部の者の仕業《しわざ》と？」

「いえ、断定は出来ません。ただ……この火付けは、少なくとも骨を盗まれたアイヌとは、無関係ではありませんか。連中が、奉行所に火付けなどするはずがない。村人らは、イギリスの不正を糾《ただ》す奉行のお立場を、よく承知しているからです」

幸四郎の感じた違和感は、そこにあった。

日頃からアイヌを蔑視《べっし》する奉行ならいざ知らず、小出奉行は初めからアイヌは日本人であるとし、擁護する立場を一歩も譲っていないのだ。

「門前には、アイヌが連日集まっていますが、別の村の者達ではありませんか？」

「うむ。報告によれば、近郊に住む過激なアイヌの若者らしい。それと、燃え残った残骸に油の痕跡があったらしく、内部からの付け火ではないか、と見られているのも確かだ。しかし、そのすべてが、あの忌まわしい人骨盗掘に対する、アイヌらの怒りと考えるのも当然ではないのか」

「御意《ぎょい》にございます」

幸四郎は言葉を選びつつ言った。

「ただ、そう見せかけた可能性も、あるのではありませんか」

「アイヌの仕業に見せかけたと？　何のために？」

「…………」

幸四郎は言葉に窮《きゅう》した。

そうだ、何のために？

「いずれにせよ、この時期、アイヌに騒ぎを起こされては困る」

奉行は言い、火鉢の火に目を落とした。

二

森村で四体の人骨が盗まれたのは、昨年九月である。

その近くの落部村で十三体が盗まれたのは、一か月後の十月だ。

落部村の乙名へイジロウから訴えが出され、小出大和守は、その夜のうちにイギリス領事館に乗り込み、談判を行った。

領事ワイスは、いずれナアナアで金で解決しようと、高《たか》を括《くく》っていた。アイヌが国内でも差別されている民族だと、侮ってもいた。

だが小出奉行は、アイヌは日本に帰属した同国人であると明言し、そうである以上、全人骨を取り戻さなければ、奉行としての大義《たいぎ》がたたぬ、と一歩も譲らない。

一体なぜ、アイヌ人骨がそれほどまでに狙われたのか。

その背景には、英国の国策がからんでいた。

折からかの国には、アイヌ民族の源流を巡って、研究が盛んだった。大英博物館は、この話題のアイヌ人骨を欲しがり、〝盗んでも手に入れろ〟とばかり高額の報償金を示した。

国ぐるみその犯罪を暴かれ、領事ワイスは金銭での解決を望んだ。

ところが相手が悪かった。小出奉行は、〝恥辱《ちじょく》〟を潔《いさぎよ》しとしない生粋《きっすい》の旗本だったから、あくまで骨の返還を要求し、掛け合いは幾度にも及んだ。ワイスは追い詰められ、ついに昨十一月十二日、落部村十三体を返却するに至ったのである。

だが森村四体は、紛糾《ふんきゅう》を極めた。

それもそのはず、すでに本国に送っていたのだ。

ワイスは、この三体は臭気がきつく海に捨てた、と苦しい言い訳をした。ではそれを海中から拾い上げ証拠を見せてほしい、と奉行に詰め寄られ、断末魔の暴挙に出た。

この正月六日、怪しげな全体骨二つを引き揚げ、届けてきたのだ。

これでは誰の骨か分からない、と小出は突き返した。この近海の海底には遭難者の骨が多く沈んでいる、それを適当に持ち帰ったのだろう、と。

奉行はすでに、事態の真相を見極めていた。

厳重に梱包され釘付けされた四つの箱が、領事館から運び出されたのを見た、という日本人小使の証言を得ていたのである。

すべて承知で、あくまで全骨の返還を要求し続けるのは、この一件を〝外国人による日本への恥辱〟と受け止めていたからに他ならない。奉行は、国の威信にかけて、対等な解決を望んだ。

策も尽き果てたワイスは、昨年師走《しわす》、公使パークスに相談のため、横濱《よこはま》まで出向いている。

この公使こそ、事件の黒幕だと小出奉行は見抜いていた。

サー・ハリー・パークス。

幸四郎はこの人物を、鮮やかに思い出すことが出来る。

昨年五月、日本に赴任してすぐ蝦夷地を視察に訪れ、箱館奉行所に寄っているのだ。

パークスは三十七歳の、生気に満ちた外交官だった。

外人にしてはやや小柄で細身の身体、長過ぎる手足、はげ上がった額を囲むとび色の髪、赤い頰髭《ほおひげ》、鋭い目。

いつも先進国人らしい洗練された優雅な表情を湛《たた》えているが、その下には獰猛《どうもう》なまでの欲望と、強引さを隠しており、その癇癪《かんしゃく》は幕府の老中をさえ怒鳴りつけると恐れられていた。

来日前は清国《しんこく》で広東《カントン》と上海《シャンハイ》の領事をつとめ、アメとムチで植民地を支配して来た。イギリスの次なる野望を背負い、極東の動乱の地に送り込まれるには、最適の公使である。

片腕には、外交官と通詞《つうじ》として名高いアーネスト・サトウ、A・ミットフォードがいた。

このパークスの指示を仰いだワイスは、昨年の暮れも押し迫って、アイヌへの見舞金を提案し、奉行に協力を求めてきた。

落部村まで出向き、千壱分《いちぶ》（一分銀千枚）をアイヌに分配したい、ついては奉行衆に同行してほしい、と言う。

——ちなみに一分銀は、現代では幾らか。

米の値段が価値の基準だった当時の貨幣を、現代に換算するのは不可能と言われる。それを承知で、あえて機械的に換算してみると。

天保《てんぽう》期に鋳造されたこの貨幣は、四枚で一両、三枚で一ドルに数えられた。従って一分銀千枚は、約二百五十両である。

だがその価値は下落し続け、慶応《けいおう》元年に、一分銀は、千四百八十八円。慶応二年はさらに、五百五十八円まで急落する。

もし慶応元年の基準で換算すれば、一分銀千枚は、百四十八万円くらい。仮にそれを、被害十七か所に均等に分配するなら、一か所におよそ八万円と少し。

だが慶応二年にずれこめば、三万円くらいに減ってしまう。

「これはあまりに少ない」

と小出奉行はのっけから突っぱねた。

「アイヌたちは、仕事を休んで、箱館まで訴えに来た。その足代や宿泊費は自前《じまえ》であり、仕事も休んでいる。そうした実費だけ考えても、この額は全く軽量である」

奉行の言い分はそれだけではない。

「そもそも、金を遣わせばアイヌが心慰められる、という考え自体が、不快である。ゆえに自分は貴国のやり方には不賛成であり、付添いの役人をさし遣わすことは致しかねる」

この主張に、ワイス領事はいきり立った。

「せっかくの解決策を、お奉行が妨害しておいでだ」

「いや、妨害ではない、事《こと》が重大だからこそ、解決まではいっさい何も受け取らぬのだ」

奉行の主張は、幸四郎にはごく当然に思えたが、アイヌにはどう映っただろう。

中には、幾ばくかの手当を望む者がいるかもしれない。

そうした者らに〝奉行が解決を阻んでいる〟と煽《あお》る者が内部にいれば、衆を頼んで抗議行動に及ぶかもしれぬ。

幸四郎はそう考えたのだが、その理由を問われるとハタと行き詰まってしまった。

三

「これ、誰かおらぬか」

小出奉行はふと声を上げた。

火鉢の火が弱まっていた。近習部屋との境の襖《ふすま》から一人が顔を出し、チラと目を走らせ、たちまち炭桶を手に飛び出してきた。

再び目を幸四郎に戻して、奉行は続ける。

「骨を盗み取るだけでも大罪だが、海から誰とも知れぬ骨を拾い上げて送り付けてくるなど、さらに無礼千万《せんばん》。その真偽も分からぬうち、アイヌに手当を遣わすとは、幕引きの準備としか考えられない。もはやワイスでは埒《らち》があかぬ。背後のパークス公使に、幕府の御掛け合いを頼むしかない」

幸四郎は大きく頷いて、次の言葉を待つ。

しばし沈黙してから奉行は言った。

「すでにご老中に、イギリス公使への談判を願い出てある」

「では、奉行所の段階を超えることになるのですか」

思わず訊いた。

「そういうことだ。詳細な書付《かきつけ》は送ってあるが、もしそれでも公使が事実を隠蔽《いんぺい》するならば、本国政府への掛け合いも辞さぬと……。その返答を待つ間に、アイヌに騒動を起こされては、早く金を渡して鎮圧するべし、などと言い出す輩《やから》も出て来ないとも限らぬ」

「御意にございます」

「それに……」

奉行は近習が出ていくのを待って、声を潜《ひそ》めた。

「江戸からの急便によれば、ワイスは昨年末に役替えになった」

「えっ、罷免《ひめん》されたのですか？」

小太りで赤ら顔の、よく水を飲んでいた領事の姿が目に浮かぶ。

「罷免か辞任か分からぬが、今頃はもう後任が決まっていよう。パークスも、ワイスに任せていては自分の首が危なくなると悟ったようだ。それは私とても同じだが」

「まさか……」

「いや、外交とは、割に合わぬものだ」

奉行は口元に軽い笑みを浮かべ、言った。

「ともあれ、そなたの見たとおり、あの若者らは乙名へイジロウとは無縁だ。ヘイジロウとは内々に話が通じていて、私が裏切らぬ限り、向こうも裏切りはしない」

「とするとやはり、連中を煽動《せんどう》する者……たぶんお奉行の方針に反対する何者かがいると……」

幸四郎は言いかけて、思わず語尾を呑み込んだ。

奉行がひどく厳しい顔をしていたからだ。

「私のことはいい。事《こと》を大きくするときりがない。今為《な》すべきは、外のアイヌを追い払うことだ」

その言葉に、幸四郎は思わず異を唱えた。

「しかし黒幕がいるとすれば……」

「もちろん捕らえよ」

小出奉行の失脚を画策する者がいるなど、考えられない。

だが現実に、もし今この新庁舎が焼失するなど、アイヌが何か騒動を起こせば、小出奉行は間違いなく辞任を迫られよう。

「頼みたいのはその辺りのことだ」

幸四郎の当惑をよそに、奉行は話を進めた。

「今は足もとを固めておきたい、その辺りのことを、急ぎ探って参れ。ただし、くれぐれも内密にせよ」

〝その辺りのこと……〟と申されても、と聞き返したい思いに駆られた。だが奉行はすでに、カラフト交渉の建白書に目を落としている。

「心得ました」

やむなく密命を承《うけたまわ》り、執務室を下がった。

いつもは与一が酒の番をするのだが、今夜は使用人頭《がしら》の磯六が、のっそりと大柄な図体で、酒肴《しゅこう》の盆を運んで来た。

囲炉裏《いろり》のそばに陣取って、盃を干しつつ幸四郎は言った。

「今夜は、北辰館《ほくしんかん》に招《よ》ばれたそうで」

北辰館とは、最近亀田村に新しく出来た、北辰一刀流の剣術道場である。

「免許皆伝《めんきょかいでん》の腕を買われて、指南《しなん》でも頼まれたか」

「はあ、千葉剣法は、最近流行《はや》っておりますからな。習得が早くて実用的だと、お役人の子弟らに大人気だそうですよ」

「ほう」

江戸でもそうだった、と幸四郎は懐かしく思い出す。

通っていたお玉ケ池《たまがいけ》の玄武館《げんぶかん》は、いつも門弟で溢れ返っていたっけ。世情の混乱で、護身の必要に迫られた武士や一部町人には、小うるさい精神論のない実際的な千葉流に、人気が集まったのだ。

盃を重ねながら、幸四郎はさらに問うた。

「ところで、お奉行はどこかお悪いのか」

この支倉家の家政を支える磯六は、一方で、隠れた漢方医でもあり、暇《ひま》をみては漢方薬作りに精を出していた。

「与一はどうした」

それを聞き知った小出奉行の奥方お琴《こと》が、昨年のあの盗掘事件の渦中、女中を介して、疲労回復の薬を求めてきたこともある。

それがこの正月にも薬を注文され、磯六は何やら届けていた。

「ああ、奥方様は、たいそうお奉行様のお身体を心配遊ばしておられますな。伺ってみますと、どうやら呑み過ぎ、呑み疲れのようでしたので、いつもの黄連解毒湯《おうれんげどくとう》を処方致しました」

「ああ、飲み過ぎか」

幸四郎は苦笑した。

今日の態度が、小出奉行にしてはどこか曖昧《あいまい》で、納得出来なかったのである。だが呑み疲れと思えば分からぬではない。

確かに蝦夷の人間はよく呑む。大抵《たいてい》のことは酒で解決する。

年始客の応対に、酒抜きということは滅多《めった》になく、奉行は疲れておいでのようだ。

幸四郎自身も飲み過ぎると、その薬のお世話になっている。

今日感じたあの〝切れ〟の悪さは、そういうことなのか。

そう考え、夫君の身を気遣う奥方を連想して、改めてほろ苦い思いに誘われる。丹《たん》波福知山《ばふくちやま》城主朽木《くちき》家の一族というお琴は、ほっそりした物腰に、一筋強いものを潜ませた美しい京女だった。

その面差しは、幸四郎が江戸で別れたきりの女を思い出させる。

互いに将来を誓った佐絵《さえ》は、幸四郎の蝦夷地赴任を機に、連絡が絶えた。その理由が分からず懊悩《おうのう》するうち、風の便りで旗本の家へ嫁いだと聞いた。

以来、母親から縁談が次々と舞い込んだ。だが佐絵に一度会って、理由を糺すまでは終わらない、と幸四郎は思っていた。

夜が更《ふ》けるにつれ、パチパチと薪《たきぎ》のはぜる音が高く感じられ、しんしんと冷えてくる。幸四郎は囲炉裏の火をかき熾《おこ》し、手酌でなお盃を干し続けた。

胸に溜まる思いは、今日、奉行から内密に命じられた〝その辺りのこと〟の調査だった。だが手がかりはまるでなく、奉行はまた自分の力量を試そうとなされているのか、と勘ぐってもみる。

幸四郎はあの後すぐ、下役の杉江甚八《すぎえじんぱち》を供に、湯川《ゆのかわ》まで馬を走らせた。市街から湯川に向かう街道筋に、アイヌ娘サチが奉公する茶屋『稲毛屋《いなげや》』があった。

サチは、昨年十月、落部村の乙名へイジロウが奉行所まで訴えに来た時、ついてきた娘である。この十五、六の愛らしい少女の母親の骨も、イギリス人の毒牙にかかっていた。

『稲毛屋』の入り口で下足番《げそくばん》の老人に身分を明かし、主人に面会を請《こ》う。すると内儀《おかみ》らしい小太りの女が、前掛けと襷《たすき》を外しながら小走りに出て来た。

「私は女房の三津《みつ》と申しますが、主人は留守でございます」

女は慇懃《いんぎん》に言い、頭を低く下げた。

サチの遠い親戚筋と聞いており、先祖にアイヌの血が少し混じっているらしく、目が大きく、眉毛の濃い美しい容貌をしている。肩や腰回りはむっちりと丸く、色っぽさが感じられた。

「お役人様が主人に、一体どういう御用でございましょう」

「少し訊きたいことがある。留守では仕方ない。では、ここに奉公しているサチに会いたい」

「あ、サチでございますか、あの娘なら、暮れのうちに落部村に帰りましてございます」

「なに、落部に帰ったと?」

一つの場面がありありと思い浮かんだ。

昨年十一月半ば、落部村十三体が返却されることになり、その朗報を伝えるべく、幸四郎はここ湯川まで馬を飛ばしたのである。

だが庭の木立の陰で、アイヌ青年と抱擁しているサチの姿を見てしまい、そのまま会わずに帰ってきた。あのがっしりした男は、ヘイジロウの供で奉行所に来たトリキサンに違いなかった。

サチにはその後、会っていない。

「何かあったのか」

「いえ……」

「理由もなく帰ったのか」

「それが……突然いなくなったのでございます。落部に帰ったとは、別の者から聞きました。暮れも押し迫った頃で、店は忙しく、雪も深いので、落部村とは未だ連絡が取れないままになっているのでございます」

「ふーむ、サチはトリキサンと親しいのだな。実は、そのトリキサンの所在を知りたいのだが」

「え、トリキサンでございますか、さあ……今どこにいるやら、よく存じませんけれど」

かれは若者に人望があり、多くの仲間がいる。もし今トリキサンが箱館にいるなら、会って情報を探りたいと思ったのだ。

平身低頭する三津に、亭主が帰ったら明日でもいいから出頭するよう伝言を頼んで、帰ってきた。

しかしあの筋からは、あまり手応えがなさそうだ。であれば、次の手を考えなければならない。

思いはそこへ戻ってくる。あれこれ思い巡らしていると、酔いは回っているのに、眠りは遠のいて行く。

そもそもあの小火騒動を、奉行の失脚を狙う者の策謀……と考えるには、少し飛躍があるかもしれない。ただの不満分子か、騒動好きの仕業か？

だから奉行は、あまり事を大きくせず、アイヌを追い払えばいいと言ったのかもしれぬ。

自分が言い出したことへの言質《げんち》を、奉行に押さえられたようだ。

風が出て来て、廊下の板戸がガタガタと音を立てている。

荒れる海峡を思いつつ、幸四郎は深夜まで盃を重ねた。

翌九日も朝から風が強く、雪が混じった。

奉行が定時八つ半（三時）に退庁するのを待って、幸四郎は下役を供に連れて湾岸の地蔵町《じぞう》まで馬を駆った。

朝から舞っていた雪が、今は横殴りに吹きつけ、いつも左前方に見える箱館山は霞《かす》んでしまって、全く見えない。

身を切るような海風が吹きすさぶ中、幸四郎は馬を進めた。

正面からの雪に息が詰まるのは馬も同じで、馬は吹雪に対してまっすぐ進めない。手綱を引いて、なだめたりすかしたりしなければならなかった。

『浅田屋《あさだ》』は、湾沿いの大通りに面した蔵造りの大店《おおだな》である。

店の前まで行くと、馬掛りの若衆が中から飛び出してきて、手綱を取って馬屋に引いていく。

頭巾と外套の雪を落としながら、供を従えて店に入った。

「これは支倉様。雪の中をどうされました……」

主人の源兵衛《げんべえ》が、急ぎ足で奥から出てきた。つい先日、年賀の席で会ったばかりだから、何か緊急の用かと驚いたらしい。

ここには民間では珍しくカッヘル（ストーブ）が燃えていて、店内は暑いほど暖まっている。壁には狐や熊の毛皮が吊るされ、また鹿の剝製《はくせい》が置かれていて、独特の薬品の匂いが漂っていた。

「いや、ちと訊きたいことがあります」

幸四郎はまだ息を弾《はず》ませ、手をこすり合わせていた。

「まあ、おかけください。しばれますな。この雪では難儀されたでしょう」

「箱館に来て一年半になるが、この吹雪だけは……」

語尾を笑いに呑み込んだ。海峡から吹き付ける鋭利な海風と吹雪には、未だに馴れないのだが、そうも言ってはいられない。

「馴れですよ、馴れ……」

源兵衛は笑って言う。

「任期が終わるまでに馴れるかどうか」

幸四郎は苦笑しながら、カッヘルを囲む椅子に座って一息ついた。

「この吹雪をついて、一体何をお訊きになりたいですか」

自らコーヒーの準備をしながら、源兵衛は言った。

「他でもない、アイヌのことなのだが……」

浅田屋は海産物商人で、内浦湾《うちうら》に面した落部、森、八雲《やくも》などの漁港を請負場所《うけおい》とし、アイヌとの交易権を一手に握っていた。

アイヌが持ち込む魚や昆布、動物の毛皮などを一手に買い取り、箱館を中継して、船で内地へと送り出す。箱館湯川から汐首岬《しおくびみさき》を越えて内浦湾岸に住むアイヌは、ほとんど浅田屋を介して商売をしているのだった。

すでに五十前後だが、源兵衛の白毛の混じった眉は猛々《たけだけ》しくはね上がり、赤銅色《しゃくどういろ》の顔の中で目つきは鋭く、背筋ものびた六尺豊かな偉丈夫で、いかにも剛の海男に見える。

だが見かけによらず、かれはいわゆる悪徳商人ではない。

蝦夷には、アイヌをごまかす〝アイヌ勘定〟という言葉があるほどだが、浅田屋の歴代当主はそうした悪名《あくみょう》から遠く、情報収集も優れていたため奉行の信頼が篤《あつ》かった。

入れたてのコーヒーを勧められ、熱く苦い液体をフウフウと吹いて啜りながら、幸四郎は事情を話した。

「なるほど……。しかし最近アイヌに異変があるなどとは、そうですねえ、特に聞いておりませんな」

源兵衛は首を傾《かし》げて、考えるように言った。

「まあ、一両日、待って頂けませんか。今夜にも船が着きますから、少し調べてみましょう。あ、コーヒーお代わりどうです」

「いや」

コーヒーの残りを呑み終えて、立ち上がった。

「何か分かったら、書付でいいからすぐ知らせてくれますか」

「もちろんですが、もうお帰りですか。せっかくこの雪の中、お運び頂いたのだ、気付けにロシアの酒を一杯、馳走させてください。体に火がついたようで暖まりますよ」

源兵衛の申し出を聞き流し、ずんずんと外套に腕を通す。

「支倉様は、評判どおりお固いですな」

「いや、これから行くところがござってな」

それは嘘ではなかった。正月から宴会続きだったが、今宵もまた知り合いに招《よ》ばれていたのだ。

「そうですか。分かりました。いい機会だから、一つ二つお耳に入れたいこともあったのですが、まあ、またいずれゆっくり」

「え？　それを聞いてから帰るとしますか」

幸四郎は手を止めた。老練の商人は、こうして相手を焦《じ》らし関心を引きつけるのがうまい。

「いや、たいしたことではありません。懇意にしている英国商人から、例の墓暴きについて頼まれたのですよ。醜聞があまり長引いては自分らも困る、いい所で、見切りをつけるようお奉行に進言してくれと……」

「なるほど。で、進言したのですか」

商人らが、背後からワイスを焚き付けているのだ。もしかしたらそうした商人が、内部の者と結んでいるとも考えられる。

「いえ、手前はお断りしました。お奉行の味方ですから」

「で、もう一つは？」

「いえ、それはお聞かせするほどのことでもありません。またゆっくり……」

源兵衛はとぼけた顔で笑っている。

四

その夜は少し酒を過ごしたが、頭が痛むといって休んではいられない。

翌朝いつも通りに出庁すると、案の定、詰所には早くも浅田屋源兵衛から書状が届いていた。

まずは濃い茶を一杯呑み、頭にかかったもやを払ってから、それを開いた。一読して、眠気が吹き飛んだ。

若いアイヌらが集まって騒いでいたのは、未婚のアイヌ娘が和人から暴行を受けたかららしい、と書かれていたのである。

その暴行事件は昨年暮れに起こったが、どうやら娘が騒ぎになるのを恐れて、何も語らないまま村に引っ込んでしまった。

若者らは噂を聞いて怒り狂い、あれこれ探って、その和人は奉行所役人らしいと突き止めた。だがその名を明かすのを、娘が頑《かたく》なに拒んだため、表だって糾弾《きゆうだん》も出来ず、あのような行動で溜飲《りゆういん》を下げているのだという。

身に覚えがある本人は、怯《おび》えているだろうとも書かれている。

幸四郎は、血の気が引いていくような、嫌な感じがした。

この娘とは、もしかしたらサチのことではないか？

……とすれば、サチと面識のある奉行所役人とは、この〝支倉〟を指しているかもしれぬ。としたら、暴行したとされるのは、この自分じゃないか。そうとすれば、これほど根も葉もない話も珍しい。

「一体どういうことだ」

思わず口に出して呟《つぶや》き、食い入るように書状を睨んで読み返したが、いっこうにわけ分からない。

自分だと考えるのは思い過ごしで、不届きな役人が、どこかに存在したということか。やっと頭が動きだし、まずはまだ姿を見せない稲毛屋に使いを出し、主人に即刻の出頭を促した。

サチと自分の接点である稲毛屋を叩いて、サチの噂の根拠を、徹底的に調べ上げるしかなさそうだ。

幸四郎は次に浅田屋に手紙を書き、奉行所役人の暴行などあり得ない、とアイヌらを説得し騒動を押さえてくれるよう頼んだ。


稲毛屋主人は午後になって、あたふた駆けつけて来た。

幸四郎は杉江と共に、調べ室で向き合った。

主人は話を聞き、真っ青になって首を振った。

「昨日、店に来られたと聞き、すぐにも参上するつもりでおったところ、客がございまして……」

くどくど弁解したあげく、

「しかし、サチが奉行所のお役人に暴行を受けたなど、滅相《めっそう》もございません、そんな話は全く聞いておらんです」

　幸四郎は腕を組み直した。

「では正月から、若いアイヌらが騒いでいるのはどういうわけか」

「そ、そんなことは、全く存じませんです、はい。サチは気まぐれな娘でごぜえすから。村に帰りたくなって、誰かにそんな大層な出まかせを口走ったのですて。人騒がせにもほどがあるだが、若い娘のこと、どうか許してやってくだせえまし」

　幸四郎は考え込んだ。このオヤジ、実直そうに見えるが、信じていいのか、それとも狸か……。

「稲毛屋は、最近繁盛しているようだな」

「へえ、お陰さまで、最近はお客様がお知り合いを呼んでくださるでの、何とかやっていけております」

「客の中に、奉行所の役人は何人くらいおるのか」

「あ、そうでございますな、七、八人様ですか」

「その中で、サチと懇意の者がおるだろう」

「それは、その通りでございますが、しかし、そんな不埒《ふらち》なことをなさる方々ではござりません、うちの関係ではないと……」

「だが、サチを知る役人を探す以上、まずは稲毛屋を問題にせざるを得まい。その客らの名を、一人残らず聞かせてもらいたい。迷惑はかけない。ただし故意に隠し、後でばれた時は、稲毛屋は難しいことになろう」

　渋りつつも数人の名を上げるのを、杉江が書き取った。その中に知った名はあったが、特に怪しむ連中でもなかった。

「ところでそなた、私の名を、誰かに喋ったことはあるか」

「とんでもございません。わしら、お客様のお名前など決して口には致しません」

「分かった。して……サチの様子はどうか」

「それが、連絡とれんのです。暮れのうちに手紙は出したけんど、何の音沙汰もない状態でして」

「その方ら、サチとは遠縁だと聞いたが、どういう関係なのだ」

「縁戚ではありますが、血のつながりはございません。あれの母が前の女房の妹でして……へい。わしらは、義理の伯父伯母ということになりますかの」

　主人が帰ってから、ただちに杉江に命じ、書き取った七人の役人について聞き込みを指示した。

さらに密偵の頭《かしら》を密かに呼び出し、稲毛屋の張り込みと、その主人夫婦および使用人五人についての内偵を急ぐよう命じた。

また、昨年の師走に幸四郎と共に稲毛屋で三平汁を食した下役を呼んで、この店でのことを誰かに喋らなかったか糺した。

「さあ。確かに三平汁の旨い店があるとは申したですが、誰と行ったかまでは……」


翌日から、報告が順次上がってきた。

稲毛屋に出入りした役人については、これといって疑わしい者は一人もいなかった。主人夫婦についても、格別な情報や不穏な動きも見当たらない。

ただ幸四郎は、女房三津の経歴に目を止めた。

稲毛屋の後妻になる前は、老舗《しにせ》『駒形屋《こまがた》』の女中だったとある。

駒形屋は箱館山麓の大工町《だいくまち》にあり、高級料亭としてひところは隆盛を誇った茶屋である。旧奉行所に近かったから、異人接待などに重用《ちょうよう》されていたのだが、奉行所が亀田に移ってからは次第に華やぎを失い、今は閑古鳥《かんこどり》だと聞いていた。

幸四郎も噂に聞くだけで、行ったことはない。

ただ浅田屋の、さりげない助言が思い出された。駒形屋は、イギリス商人がよく使っているという。

ということは奉行所役人の出入りも多いはずだ。

念のためということがある。幸四郎は、駒形屋の馴染みである奉行所幹部の名前を、徹底的に洗わせてみた。上司についての調べは気がさすが、やらねばならぬことだ。

その結果は、翌日の午後になって耳に届いた。

そこに上げられている駒形屋の常連数人については、幸四郎もよく知った者ばかりで、問題はなさそうだった。だがその中に、支配組頭並の沼田勘解由《ぬまたかげゆ》の名があるのが気になった。

というより、ギクリとした。

一瞬、思い出したことがあったのだ。

沼田勘解由は、四十歳。

調役として蝦夷の奥地を巡察し、一年ぶりに昨年夏に帰箱した。その直後に、組頭並に昇進したのである。

幸四郎とは入れ違いでずっと不在だったため、馴染みがなかったが、切れ者という評判は聞いている。付き合いは浅いのだが、この人物を忘れられないある事情があった。

それは昨年の師走に入った頃のことだ。幸四郎は一人居残って、残務整理に追われていた。

それも五つ（八時）前には片付いたから、近くで軽く呑んで暖まって帰ろうか、などと思いつつ通用口に向かっていると、薄暗い廊下の奥の部屋から明かりが漏れているのが見えた。

そこは役職者の溜《た》まり場で、カッヘルがある。

はて、こんな時間まで誰か残っているのか。見回りかたがた覗いてみて、誰かいたなら、ご苦労様です、と一声かけて帰ろう。そう考えて、そちらに向かって歩きだした。

が、少し進んだ辺りで思わず足を止めた。ボソボソと低い話し声が耳に入ったのである。

「……相手はエゲレス、被害者はアイヌだ。骨は半分以上返ったのだから、もういいではないか。この危急存亡の折、もっと賢い手の打ち様もあろうほどに……」

低い声だった。すると別の声がした。

「毛並みも上々で、確かに……ですが、しょせん怖いもの知らずの旗本の倅《せがれ》……」

凍りついて、それ以上は進めなかった。

幸四郎は後ろ向きにそっと後じさりし、部屋から遠ざかった。

話し声は二人。いずれ調役以上の古株だろう。

二人とも声をしのばせていて、誰かは分かりにくい。

ただ最初の男の〝エゲレス〟の言い回しには、聞き覚えがある。それは鰓《えら》の張った平たい顔に、切れ込んだ細い目が鋭く光る男、沼田勘解由に違いない。

それまでこの奉行所は、小出奉行を中心に一丸となって結束しているとばかり思っていた。幸四郎自身、初めは奉行に反発したが、今は深く心服している。その人物にも、陰にこんな陰湿な誹謗中傷《ひぼうちゅうしょう》の声があるとは、驚天動地《きょうてんどうち》だった。

確かにあの沼田は、同じ佐幕《さばく》開国派でも小出とは意見がかなり違う。叩き上げだったためか、ソリが合わないところがあった。両者は江戸に戻れば派閥を異にし、それぞれの後ろ盾となる幕閣は反目し合っているのである。

だがこの蝦夷では、そんなことは関係ない。それに沼田は、勤勉な仕事ぶりで知られ、奉行や役職からも一目《いちもく》置かれている。陰口を叩くのは世の常で、それ以上のことではないのが普通である。

今、その〝エゲレス男〟の名が、改めて目前に浮かんだ。

沼田の接待は派手で有名で、駒形屋をはじめ高級茶屋でよく飲んでいた。だが馴染み客だったというだけで、何の手がかりがあるわけでもない。

幸四郎は、名が記された紙を破り、細かくちぎって捨てた。沼田勘解由には、今夕にも顔を合わせるはずだった。

五

この鏡開きの日の夕刻、調役竹下重蔵《たけしたじゅうぞう》の家に招かれていた。

昨年暮れに江戸出張から帰ってきた人物で、帰箱後、初めて役宅で宴会を開くのだ。誰もが江戸の情報に飢えていたから、この招きに喜んで応じた。

幸四郎も昼のうちに磯六に、銘酒を一本届けさせてある。

ただ報告書の確認や、次に取るべき捜査の打ち合わせで、幸四郎は指定より半刻（二時間）ほど遅れ、雪まみれになって竹下宅に転げ込んだ。といっても自宅の数軒先だから、どんなに酔っても帰りは大丈夫である。

防風林が北風を遮っているが、その向こうは一面の雪野原で、秋には茫茫《ぼうぼう》たる枯野が広がっている所だ。

通されたのは寒々しい表座敷ではなく、床も柱も煤《すす》で黒光りする囲炉裏の間《ま》だった。

赤々と薪の燃える囲炉裏の周りに、すでに七、八人の客が陣取っていた。

組頭の橋本悌蔵《はしもとていぞう》や、今は相談役になっている早川正之進《はやかわしょうのしん》など見知った顔が並び、すでに酒がほどよく回っていた。

「おお、支倉殿、よう参られた」

正面の上座にいた橋本悌蔵は、小身の旗本から叩き上がっただけあって、そのいかつい風貌に似合わず、酒が入っても言葉は丁寧である。

「支倉、こっちこっち……、おぬしには上席をとってあるぞ」

竹下は七つ年上だが同じ調役だから、赤ら顔でざっくばらんに手招きする。今回のかれの江戸出府には、アイヌ墳墓事件とカラフト問題に関する、奉行の密命があったようだ。

この家の女中とばかり思っていた、襷がけの小太りの女を、

「家内だ」

と紹介され、幸四郎はまごついた。たまに見かける顔だが、同じ町内に住みながら、誰だか知らなかった。だがあちこちからどっと酒をつがれ、照れている暇もない。

短時間でたちまち酩酊《めいてい》した。

やっと落ち着いて周囲の声に耳をすますと、客の間で盛り上がっている話題は、ワ

イス領事の罷免だった。どうやらもう知れ渡っていて、誰もが喜んでいる。

「……罷免ですか、辞任ですか」

誰かが言っている。

「いずれであれ、お奉行が相討ちになることはないのか」

「ワイスは小者だ。相討ちとすればパークスでなければならん」

「いや。あの御仁は百戦錬磨の荒技師と聞きますぞ。ワイスを下げた以上、面子《メンツ》にかけて、お奉行の首を取るのでは」

てんでに言っている。

「竹下殿、その辺の江戸の噂はどうだ」

「聞いたところでは、パークス公使は、小出奉行の凄腕には驚嘆したそうだ。こんな人物が日本にもおるのかと……」

と竹下が言った。

「公使の片腕には、アーネスト・サトウと、ミットフォードという若い切れ者がいるが、連中にもひけを取らぬと」

嘆声が上がり、座はどよめいた。

「まあ、我が奉行のおかげで、エゲレスも思い知ったであろう」

その声を聞いて、幸四郎はハッとそちらを見た。

かの沼田である。かれは陰であのような陰口を囁いているとは思えぬほど、奉行を持ち上げた。

「エゲレスの思う通りにはさせまい。御奉行のようなお方が居る限り、日本は断じて、清国のような植民地にはならぬ」

その言葉を聞いて、幸四郎の酔いは冷めていった。


五つ（八時）前には、沼田勘解由ら組頭が引き上げ、皆がそれに続く。幸四郎は早川正之進が席を立つのを待って、一緒に退去した。

「早川様お帰り」

「……支倉様お帰り」

下男の声に、それぞれの供の者が、控えの間から走り出てくる。

「雪はやみましたが、ご老体、お宅までお送りしますよ」

凍《い》てついた外に出ると、たちこめる雪の匂いをかいで、幸四郎は言った。雪が踏み固められて凍りついた上に、ふんわりと新雪が覆っている道は、滑り易く危険だった。

「いや、家はすぐそこだ。おぬしこそ滑って転ばぬよう気をつけよ」

「手前なんぞ転んでも大義ござらぬが、ご老体におかれては……」

「年寄り扱いは迷惑千万。おぬし、酒が足りんな。送りオオカミで、我が家の酒を狙っておるのだろう」

「図星であります」

いつもの軽口の応酬である。

「いえ、実はちょっと伺いたいことがございまして」

「よかろう、うちはあばら家だが、土間に囲炉裏が掘ってあるのが自慢だ。スルメでも炙《あぶ》って一献参ろうか」

「それは、ぜひ……」

早川は提灯《ちょうちん》を持って控える下男の一人に、一足先に帰って、土間の囲炉裏を熾しておくよう命じた。

早川正之進は、還暦を二つ過ぎ、今年から奉行所を退いた。暮れのうちに役宅から引っ越して、開拓農家が住んでいたという近くの家を借りたのだ。

今後は開墾に精を出し、箱館に骨を埋めたいという。ただ支配勤方《つとめかた》並という役職は退いたが、相談役として今も出庁している。

かれは、一次、二次の二度の奉行所を知る、最古参だった。

箱館は、開港された安政《あんせい》元年（一八五四）、それまでの松前《まつまえ》の統治を離れて幕府直轄地となり、奉行所が開かれた。

この地に奉行所が置かれるのは、これで二度めである。

第一次は、享和《きょうわ》二年（一八〇二）からほぼ二十年間だが、その末期に、早川は小姓として奉行に仕えた。その後は江戸に帰っていたが、第二次奉行所が開かれると、調役下役として呼び返された。

穏やかで剽軽《ひょうきん》な人柄のせいか、昇進は早くはなかったが、近習上がりで有職故実《ゆうそくこじつ》に通じていたので重宝《ちょうほう》がられた。押し出しも良く、冠婚葬祭に奉行代行を頼まれることも多かった。かれを奉行と思い込んでいる町人やアイヌが今もおり、奉行所では〝早川代行〟の愛称で呼ばれている――。

新居は開拓農家らしい二階家で、玄関はしっかり雪囲いされていた。中に入ると広い土間に囲炉裏が掘られ、すでに勢い良く火が燃えている。

ここで雪を落とし、衣服を脱がずに火を囲んで飲食が出来る。

土間は勝手まで続いているらしく、すぐ仕切り戸が開いて、大柄な三十前後の女が出てきた。一人娘のお浜《はま》で、若い頃に武家に嫁ぎ、一年で出戻ってきたという。早川の妻は早世し、二人の息子は江戸にいて、このお浜だけが同居している。

幸四郎は何度か招《よ》ばれており、すでに面識があった。

お浜は親しく挨拶して、上がり框《かまち》に置いた火鉢で熱燗の支度をし、囲炉裏ではスルメを長い火箸でつまんで、器用に炙った。

「お浜殿、スルメ焼きが上手《うま》いですな」

香ばしい匂いを嗅いで、幸四郎が声をかける。

「ほほほ、他に能もございませんし」

お浜はおっとり笑い、丸まったスルメを指先で割いて、皿に盛る。

「わしは歯が悪いが、スルメが好物でのう」

「スルメを嚙むと頭が良くなる、という説がありますが……」

「逆だろう。嚙めば嚙むほど酒が進み、頭は悪くなる一方だよ。お浜、後は勝手にやるから、休んでいい」

「はい、何かご用がございましたら、声をかけてくださいまし」

お浜が立ち去ると、火鉢を挟んで上がり框に座った二人は、しばし黙って軒端《のきば》を揺らす風の音を聞いていた。スルメを嚙むと熱燗が進み、足下では囲炉裏が燃えている。

「ところで、訊きたいこととは何だ」

早川が言った。

「妙なことをお訊きしてもよろしいですか」

「ここは番外地だ、風しか聞くものはおらん」

「沼田様のことです」

「沼田殿……？」

一瞬、その顔に何かの表情がよぎったように見えた。

沼田は早川より二十近くも年下で、以前は部下だったが、いつの間にか追い越して上司になった男である。

「何を知りたい」

「沼田様と、親しく一献交わしたのは今夜が初めてです、今まであまり存じ上げなかったので、どのようなお人かと……」

その言葉の裏を吟味するように、早川はスルメをしゃぶりつつ、まじまじと幸四郎を見つめた。

「さて、どう申せばいいかの……。知っての通り、五稜郭普請の立役者には、武田斐三郎殿が上げられよう。陰の功労者といえば、やはり奉行所普請掛《ふしんがかり》として指揮にあたった河津《かわづ》殿だ。その河津殿の懐刀《ふところがたな》が、くだんの沼田殿だった……」

その河津三郎太郎祐邦《さぶろうたろうすけくに》は、安政《あんせい》の奉行所再開時からつとめ、五稜郭築造にあたっては普請掛の大役を無事こなして、組頭に昇進した男である。

　だが文久《ぶんきゅう》二年（一八六二）、前任の村垣淡路守《むらがきあわじのかみ》範正《のりまさ》に替わって、小出大和守が九代奉行に就任すると、村垣を追うように江戸に呼び戻された。

　沼田勘解由は、普請の時に江戸から赴任し、河津の下に配属された。何十人もいる下役の中でかれの活躍は目立ち、調役に昇進。普請後は一年の蝦夷地巡察を終えて戻り、さらに組頭並に昇進したのである。

「沼田殿も、あの御普請を抜きには語れまい。そちが知りたいのも、その関連かと思うが？」

「あ、はい……」

　幸四郎は少し慌てた。沼田が五稜郭築造に功があったのは知っていたが、それと結びつけて考えたのは、今が初めてだ。

　はからずも盗み聞きしたあの師走の夜の、陰謀めいた雰囲気を思い出すと、そうか、あちらに何か関係があるのか、と目を開かれる想いがした。

「しかし、今、そちが調べても、もう何も出てこんだろう」

「それは……どういう意味ですか」

「不正があったという噂がある」

早川は苦々《にがにが》しげな表情になり、囲炉裏の火を見つめた。大きく小さく揺らぐ炎が、その威厳のある立派な顔に、複雑な陰影《いんえい》を作り出している。

「この夜更け、気の滅入る長話も考えものだが、いいかな」

早川は小指で顳顬《こめかみ》をこすって言った。口とは裏腹に、話したくてたまらないようだ。

「ぜひ、貴重なお話をお聞かせください」

六

「……わしは、あの大普請には何の貢献もしておらんから、偉そうなことを言えた義理ではないが」

早川は茶碗の残りをあおって言った。

「奉行所も、この町も、あの頃はひとしなみに大変だった。うむ……五稜郭が出来上がるまでの七年間、こんな田舎町に、想像もつかぬ量の物資や、人や、金が、怒濤《どとう》のように動いたのだからな」

箱館山を切り崩して土砂が運ばれ、亀田川を掘削《くっさく》して濠に水が引かれ、毎日五百人、のべ数十万人の御用大工が駆り出された。

それが安政四年から元治《げんじ》元年まで、七年間続いたという。

「考えてもみろ、屋台骨がぐらついている貧乏幕府が、総工費十八万両を投じたというのだからな……。お上《かみ》の、北に対する危機感たるや、大変なものだった」

「十八万両……」

「想像もつかんだろう」

「そんな中で不正が、あったとすると……？」

「工事を発注する奉行所役人と、請負人との間に、何かと囁かれておるが、まあ、お定まりのことだ。当時を考えてみるとあり得なくもないが、問題は何をもって不正とするかだ」

箱館には、東北諸藩の留守居が詰めていたから、木材、石材から、瓦、畳、紙、人夫、大工……と各地の特産品の売り込みが殺到し、競って入札した。しかし奉行所には、持ちつ持たれつの古い御用商人が食い込んでおり、さまざまな便宜をはかってきた。

「これをさばいた村垣奉行は、なかなかの出来物だよ。並大抵の苦労ではなかったと思うが、それは普請掛にも言えることだ」

村垣奉行の能吏ぶりは、幸四郎もよく聞き及んでいる。会所を作って海産物の流通をはかったのも、山ノ上遊郭《やまのうえゆうかく》を設置したのもこの奉行である。

「だがお二方は、郭の完成を見ずして江戸に呼び戻された。代わって赴任したのが、わが小出奉行というわけだ。……前任者との引き継ぎは繁雑を極めたろうが、つつがなく交替したと思う」

「では不正は……」

「あの村垣奉行の仕事であり、小出奉行が認め印を捺《お》したのだからな。不正はなかった……と公《おおやけ》に認められた」

早川は酒で充血した目を上げた。

「ところがだ……。不正はあった、と告発する書状が届いたのだ」

「えっ、内部からですか？」

「それは分からん。五稜郭が完成した直後だから、つい一年と少し前か……そう、おぬしが来て間もない頃だった。その訴えによれば、発注以来、業者と謀《はか》って、割り戻し金を受け取っている役人がおったと。それは普請が終わった現在も続いておって、総額は莫大なものになるらしい」

「……今も続いているとは？」

「同じ業者から買い入れるたびに、今も割り戻し金を取っているのだろう。何故このわしが、そんなことを知っているかというと……」

その告発文の宛先は、あろうことか早川正之進だった。

早川に白羽《しらは》の矢が立った理由として、三点が考えられる。

以前は調役として知られていたこと、篤実な人柄から適切な処理が期待されること、普請とはまったく関係がなかったこと……だ。

そうであれば告発者は、奉行所内に詳しい出入りの者か、もしかしたら内部の役人とも想像された。

名前はもちろん、不正が横行しているらしい部名も、書かれていない。そこには、事《こと》は複雑で根が深いため直接会って話したい、として会う場所と時刻が指定され、単身で来てほしいと書かれていたのである。

早川はすぐ小出奉行に相談した。

奉行もひどく驚き、内密で慎重な話し合いが持たれた。

というのも入札を巡る業者同士のさや当てや、東北諸藩の足の引っ張り合いなど、真偽も分からぬさまざまな噂が飛び交っていたからだ。この話もどこまで信憑性があるのか。もしかしたら謝礼が目的か、誰かを陥れるための罠か。

そうしたことが不明のままでは、すぐに飛びつくわけにはいかない。だが未だ不正が続いているとすれば由々しき問題だ、とりあえず会ってみてはどうか、ということになった。

指定された日、指定の場所に、早川は一人で出向いた。

もちろんその近くには信頼出来る下役を配し、不測の事態に備えていた。

それは海峡を望む湯川の岸壁で、晴れた日はいつも突堤《とってい》に太公望《たいこうぼう》がずらりと並び、釣り糸を垂れているのどかな所である。

その突堤の最も先端にいる釣り人に、明け六つの鐘を合図に〝釣れますか〟と声をかけ、〝まずまずだ〟と答えたら、その隣に腰を下して竿を出す。

そんな段取りになっていた。

釣り好きの早川は、暗いうちから釣り竿を担いで出掛けた。

突堤にはすでに三人の釣り人がいたが、その一人は下役である。

指定どおり明け六つを合図に、最も先端で糸を垂れている男に近づいたが、〝釣れますか〟の合言葉に、男は黙って首を振った。

相手はまだ来ていないのか。

不審に思い、先端まで行ってみて、その下に隠れるように小舟が係留されているのを見つけた。身を乗り出して覗いてみたが、中は筵《むしろ》で覆われていて、上からはよく見えない。

近くにいた下役に、舟まで下りてみるよう命じた。梯子《はしご》で下まで下り、その筵を持ち上げてかれはのけぞった。そこに、男が朱《あけ》に染まって死んでいたのである。

首を刺され顔を斬られていて、顔の見分けがつかない。名前や身元を示す手掛かりもなかった。告発者本人か、依頼されて来た代理人かどうかも、定かでなかった。

小舟の中には、空になった紙入れが落ちていて、意図的とも思われたが、物盗りによる殺しと判断するしかなかった。

実際その付近は、昼間こそのどかで釣り人も多いが、夜は強盗や追いはぎが出没する、物騒な場所だったのである。

結局、すべてが謎のままだった。

この告発を知っていたのは、奉行と早川だけのはずで、両者とも他人に漏らすようなことはしていない。

あるいは殺された男の側に、何か不用意があったかもしれない。また奉行のそばには近習が何人も侍《はべ》っているから、場合によっては影聞きされた可能性も考えられぬことではなかった。

「……というわけで、密告はうやむやになってしまった」

早川は白い口髭《くちひげ》をなでながら、低く言った。

「もちろんわしなりに、出来るだけ調べはしたが、何も出て来なかった。もっと突っ込んで調べる方法も、あったかもしれん。だがわしは臆病者のせいか、その裏に何かしら薄気味悪いものがあるような気がしてな。正直なところ、少しでも早く終わらせたかった」

「薄気味悪い、というと？」

「わしを出し抜いた手際が、変に鮮やかではないか。その筋……というか、もっと上の力が加わっているような、何か嫌なものを感じたのだ」

「というと、つまり……」

「そうだ、背後に幕閣の力があったかもしれんと」

「しかし、早川さん」

身じろぎもせずに聞いていた幸四郎は、力をこめて言った。

「その時、お奉行はどうされたのですか」

「小出奉行はあの通り、慎重なお方だ。密告を、額面通りは信用されていなかったよ。

前任の奉行が調べたのだし、さまざまな人間が関わっておる……。軽軽に飛びつき、何かの政争の具にされるようなことがあっても困るでな。その直後に、あのアイヌの墓暴き事件が起こって、それどころではなくなったのだ」

「ところでこの話には、沼田様の名は出て来ませんね」

「そうだ。しかし書状には〝木材等の発注で不正があった〟と書かれておって、木材など資材を仕切る部門の長は、沼田殿だった。当然わしは重点的に調べたが、むろん、何も出なかった」

「…………」

「五稜郭の完成後、沼田殿は幕府の命《めい》で、蝦夷地巡察のため箱館を離れた。仮に何かあったとしても、おそらく処理は済んでおるだろう。もう何も出てこない、と思うのはそういうことだ」

「しかし仮にですよ、背後に黒幕がいたとしたら、お奉行は見落としたことになるのですか、それともその力を恐れ、見てみぬふりをしたとか」

「うーん、わしには分からんよ。ただ相手は巧妙だ、なかなかばれぬようになっておる。こんな告発でもない限り、尻尾を出すまい」

　早川は、それからしばし黙ってスルメを噛んでいた。

「触らぬ神に祟《たた》りなし……ではないがな。まあ、そっとしておいた方がいい。臆病者のわしが言えるのはそんなことだけだ」


その夜は寝床が冷え冷えして、幸四郎はなかなか寝付けなかった。

あの小火騒動が、五稜郭普請の不正に繋がるなど、到底信じられない。だが完成から、まだたかだか一年半しかたっていないのだ。

不正の闇の名残りが、まだ奉行所内に燻《くすぶ》っていないとも断言出来ず、薄気味悪いことだった。

しかしあの小出奉行がついていて、何故曖昧のままで終わらせ、さらに深く追及しなかったのか。奉行も人の子、背後に感じられる〝上からの力〟めいたものに屈したのか。

そう思ってみると、この小火の調査を〝そこら辺りのこと〟とぼやかした理由も、分からぬではない。鋭敏な奉行のこと、もしかしたら罠を踏むようなことは、避けたかったのか。

あれこれ想像すると、眠りは遠のく一方だった。

翌十二日の午後、新しい報告が入った。

それによれば、稲毛屋の女房三津は駒形屋に居た時分、沼田勘解由の専属の女中だったと、何人かが証言したのである。

二人の関係がどういうものだったかは定かではないが、三津が稲毛屋に嫁いで店を大きくしたのも、沼田の陰の尽力のおかげ、と囁く声があったという。

ただ沼田は、山ノ上の花魁《おいらん》に入れあげていたという噂もあった。

『愛宕楼《あたごろう》』の花櫛《はなぐし》という花魁で、十七で身売りされた頃からの、もう七、八年来の馴染みなのだという。

幸四郎はただちに下役を、愛宕楼に飛ばした。

一方で三津を、湯川の奉行所別邸に連行させたのである。この別邸は海を見渡す風光明媚な所にあり、温泉も引いていたから、奉行の休養ばかりでなく、江戸からの客人の宿泊にも使われていた。

屋敷は広いため、その一部は、極秘の取調べなどにも使われているのだった。

調べ室で再び三津と向かい合うと、幸四郎は駒形屋に奉公していた頃の、沼田勘解由との関係を問いつめた。

三津は覚悟していたらしい。

涙も見せずに両手をついた。

「隠していたわけではございません。茶屋奉公をしておりました関係で、沼田様に一時、昵懇《じっこん》にさせて頂いたことがあるのでございます。でも何をお訊きになりたいのでございますか。すべて申し上げますから、過失がありましたらどうかご容赦を……。はい、確かに沼田様は大恩あるお方に間違いございません。ですが、私も家族ある身、もう深い関係はございませんよ」

幸四郎は頷いて、そばで筆記する下役に目を走らせ、

「時に、お三津、サチが奉行所役人に暴行されたという話があるが、知っておるか」

「い、いえ、何も聞いておりません」

「私がサチと顔見知りだと、知っているのはおぬしら夫婦だけだ。亭主は何も知らないと申している以上、そなたが、偽りを言い触らしたのではないか」

「そんな。とんでもございません」

「身内が言ったからこそ、アイヌが信じたのではないか」

「…………」

「公儀をなめておれるのも、組頭殿の力あってのこと。しかしもう、その強い後ろ盾はないと覚悟いたせ」

「い、いえ、ご公儀をそのような……」

「ならば、正直に話せ。お前に騙されるほど、奉行所は甘くはない」

三津はさすがに青ざめ、声を震わせた。室内が火鉢だけだったから寒さもあったろう、肩の辺りが震えていた。

「あ、あたしはただ……」

「ただ、どうした？」

「サチは身籠っておりましたので、そう申しただけでございます」

「サチは妊娠していたのか」

「はい、だから落部に帰ったのです。ヤヤの父親は和人かと皆が訊くので、そうかもしれないと、ええ、本当に知らなかったので、ついそう申しました」

「それを誰に申した」

「店によく来るアイヌの若衆でございます」

「何故そんな根も葉もない偽りを申した」

「訊かれたから、おもしろ可笑《おか》しく申したまでで」

「それは嘘だ。アイヌを騒がせてくれ、と誰かに頼まれたのだろう？」

三津のふてぶてしい態度に、幸四郎は声を荒げた。

「言いたくないならそれでもいい。ただそなたの大事に守る相手は、山ノ上の花魁を大事にしていたようだな」

「………………」

「アイヌを騒がせたかどで、稲毛屋が取り潰しになっても、もう守ってくれる者はおらんかもしれん。そこをよく考えるのだな」

「あの……この件については、主人は何も存じておりません。どうかあの人には、何も知らせないようご配慮お願いしたく……」

「もとよりお前次第だ」

「ありがとうございます」

お三津は突っ伏して、肩を震わせて泣いた。

「大恩あるお方に、アイヌを少々騒がせてほしいと頼まれ……つい、偽りを申しましたのです」

「大恩あるお方とは」

「沼田様にございます」

「よく申した。ではあのアイヌの若衆らに、それは嘘偽りであったと言ってもらいたい。連中が奉行所前から姿を消したら、そなたを許し、すべてを不問に附そう」

七

奉行所に戻ると、山ノ上遊郭から帰ったばかりの下役が、寒さで頬を赤くしてやってきた。

「支倉様、花魁の花櫛は一月《ひとつき》ほど前に亡くなっておりましたよ」

下役はそう報告した。

「なに？　死因は何だ？」

「病死だそうです。長く患っていたそうで……」

「身請《みう》けされてはいなかったのか」

「はい、沼田様とは長い馴染みだったようですが、このところお見えにならなかったとか。花魁は、愛宕楼で亡くなったそうです」

意気込んでいた幸四郎は脱力した。仮に沼田が不正な金を得ていたと仮定して、その金を花魁に投じていたと考えたのだが、では一体、何に使ったのだろう？

三日後のその朝、支倉幸四郎は平常より早い六つ（六時）前に起き出した。

まだまっ暗な中、行灯《あんどん》の灯りで朝食をすませ、冷え冷えした座敷で身支度を整えながら、月代《さかやき》を伸ばそうかと考えていた。

前髪を剃り上げるのが武士のたしなみだが、それを実行するには蝦夷はあまりに寒い。

「月代を剃るのは、蒸《む》れずに心地よく兜《かぶと》を被るためだ」

元服《げんぷく》して月代を剃る時に、幸四郎は父親からそう教わっている。

武士が青々と月代を剃り上げているのは、いつでも兜を被って戦場に駆け参じる用意があるという、決意の表示なのだと。

とはいえ今の世で、兜を被ったことのある武士が何人いるだろうか。最近の江戸、特に倒幕を唱える進歩的な志士や浪士には、月代を剃らない総髪が大流行していると聞く。

蝦夷地では、思想はともあれ、現実問題として寒かった。防寒のため総髪は許されていたから、奉行所内でも少なくない。

これから会うことになる沼田勘解由も、総髪だった。

実は今朝総髪を考えたのも、滅多に表情を表さぬ凹凸のない沼田の顔が頭にあったからである。

昨夜、小出奉行、組頭橋本との打ち合わせで、激しいやりとりがあった。三津の告白を分析した結果、アイヌを煽動した黒幕を沼田と見て間違いない、という結論に達したまではよかった。

「事情聴取のため、ただちに拘束するべきと思います」

と主張する幸四郎に、小出奉行は首を振って制した。

「いや、もう遅いから、明日でいい」

「しかし、逃亡の恐れはありませんか」

「屋敷を見張らせてあるから、大げさに騒がずともよい。それに捕えれば、アイヌ煽動の容疑は認めざるを得ないだろうが、盗掘事件を早く終結させるためだ、と申し開きする可能性もある」

「しかし……」

「仰せの通りにするのだ」

橋本が厳しく言い、幸四郎はそれ以上は何も言えなかった。

だが何かしら納得がいかない。初めから小出は曖昧だったように思う。一体、何をためらっているのだろう。その背後の何かを、恐れているのではないか。

英国領事館に談判に赴いた時のあの断固たる態度を思うと、今度の奉行の対応は、あまりに腰が引けていはしないか。

ともあれそんな事情で、決行は今朝になった。

沼田の出庁前に下役が役宅に踏み込んで、別邸まで同行願う手はずである。そこに幸四郎が待ち受け、予備質問をして事情を聞き、調書が出来たところで、奉行の尋問となる。

ただ相手は上司であるため、奉行所内は避けて、再び湯川別邸を使い、橋本が立ち会うことになった。

幸四郎は、これから別邸に向かい、そこで橋本と落ち合って、沼田を迎えることになる。

そろそろ出立という頃になって、玄関でざわめきが聞こえ、廊下をドドドドッと走ってくる騒々《そうぞう》しい足音がした。

「申し上げますッ」

障子の外で、叫ぶような与一の声がした。

「何ごとか、騒がしい」

「ただいま奉行所からお使いが見えました。沼田様がご役宅にて、ご自害あそばされたそうにございますッ」

「な、なんだと！」

総毛立った。考えも及ばなかったことだ。

なぜだ。今日の手入れは極秘だったはず、何故沼田は事前に知ったのか。昨夜の打ち合わせの席には、奉行と幸四郎の他は、橋本悌蔵だけだったのだ。

橋本ではあり得なかった。

沼田は組頭だから、家の周りを、奉行所の手の者に張り込まれていたことに、気づいたかもしれない。また近習にそれとなく問えば、口の固い近習でも、組頭には大抵のことは話すだろう。

だが、しかし……。

仁王立ちになったまま硬直してしまい、すぐには動けなかった。

奉行が昨夜の決行を許していたら、昨夜のうちに拘束し、幾らかなりとも真相を問えたはずではなかったか。

奉行の立ち後れで、謎は謎のまま、封印されてしまうだろう。深く敬愛し、憧れてさえいた奉行への失望感が、幸四郎を覆った。

「殿……」

与一がそばから、促すように言った。

「ただちにご役宅に直行せよとの、お奉行様の御下命でございます」

沼田勘解由の異変を発見したのは、沼田家の老女中だった。起床時刻の六つ半（七時）になっても主人が起きてこないため、起こしに行ったのである。返事がなく、異様な気配を感じて、障子を少し開けて中をのぞいた。主人は床を上げた寝間の中央で、上下《かみしも》袴の正装で、うつぶせになって死んでいた。腹を切り、その刀で首を突いたのである。

沼田の妻は長く労咳《ろうがい》をわずらっており、沼田が蝦夷地の巡察に向かった年、二人の子と共に寒い箱館を後にし、江戸に帰った。今も江戸にいたため、夫の最期の姿を身届けられなかった。

この妻女と奉行宛の遺書が残されていたが、いずれも先立つことを詫びる簡単なものだったという。

寝間は血まみれで凄惨を極めていた。遺骸の検分に立ち会ったのは、急報に駆けつけてきた老御典医と、橋本悌蔵、それに支倉幸四郎だった。

屋敷内を見回った限り、派手に遊んでいたという噂にしては、その暮らしぶりはひどく質素に見えた。家具調度は少なく、地味で、陶器や書画などの飾り物はいっさいない。

書き置いた遺言状は、箱館奉行と江戸の妻女に宛てた二通だけだった。

幸四郎は、老下男から話を聞き取った。

かれは古くからの奉公人で名は惣吉《そうきち》といい、蝦夷の奥地にも馬の口取りとして同行したという。

惣吉は毎朝七つ（四時）に起き、まず馬の世話をする。しかる後、庭の掃除をしながら、主人の寝間の板戸が閉まっていてまだ就寝中であるのを確かめるのだ。

ところが今朝は、七つには廊下の板戸が少し開いていて、中から灯りが漏れていたという。平常は七つ半（五時）の起床である。

「旦那様は遠出しなさるのか……」

と怪しんだ。

「遠出の朝はいつも、必ず凍りついた戸ば少ぅし開けて、外の雪の深さば見ていなさったでな」

だが六つ頃に、掃除を終えて再び庭から寝間を見た時は、板戸はきっちり閉ざされていた。旦那様は朝食をめし上がるため、囲炉裏の間に移ったのだと思った。

実際には勘解由は、七つ前に凍りついた板戸を開け、しばらく雪の具合を眺めていたらしい。惣吉が庭から見た時は、座敷に引っ込み、死出の旅の準備を整えていたのだ。

幸四郎が、勘解由の総髪を思い浮かべていた時分は、当人はもうあの世への旅に踏み出していたと思われる
検分は半刻ほどで終わり、橋本と御典医の退出を見送って、最後に幸四郎が屋敷を出た。

雪の匂いがたちこめる中で、ふと足を止めた。

来た時は慌てていて全く気づかなかったが、表玄関の横に大きな雪達磨があったのだ。沼田宅には子どもが居住していないため、不思議な気がした。

「誰が作ったのか」

そばにいた惣吉に問うてみると、短い答えが帰ってきた。

「へえ、旦那様にごぜえます」

昨日、定刻に奉行所から帰った沼田は、庭に雪が積もったままになっているのを見て、何を思ったか自ら雪かきを始めたという。

「あ、手前がやりますで」

慌てて惣吉が駆けつけると、よい、よい……と手を振って追い返し、どっさりと集

まった雪で、一人で雪達磨を作りだした。惣吉の目に、その姿は楽しそうに見えたという。

炭で眉も目玉も口もついており、頭にはご丁寧にも、箍《たが》の緩んだ湯桶を逆さに被せてある。

幸四郎はその前に立ち止まったまま、長いこと見入っていた。

湯桶を被って立ち続ける雪達磨は、眉をいからせた怒り顔をしている。そのくせどこか剽軽で、雪が解けるとすぐ笑いだしそうだ。

沼田勘解由は、まるで仮面を被ったような無表情一方の男だったことが、改めて思い浮かんだ。

八

「支倉様、お奉行がお呼びです」

近習にそう呼ばれた時、幸四郎は頬がカッと熱くなる気がした。

いよいよ来たか、という思いが駆け巡った。

奉行への現場報告は橋本が担当したが、幸四郎は今朝、さらに詳しい報告書を書き上げて、近習詰所の窓口に差し出した。

その中には、沼田の拘束を一晩措いた奉行への疑問を、短いながら書き加えたのである。幾らか言葉を和らげたとはいえ、批判と受け取られるかもしれない。

奉行に意見など無用のこと。僭越《せんえつ》である、とお咎めを受けるのは覚悟の上だ。だが書かずにはいられなかった。

幸四郎が詰所に参上すると、小出奉行はしばらく無言で書類（どうやら幸四郎の出した報告書らしい）に見入っていた。

こんな顚末《てんまつ》を、奉行は予想しなかったのだろう。

どんな言葉が飛んでくるかと、息を呑み込んで覚悟していると、一呼吸あって奉行は顔を上げた。一文字眉がいつになく濃く見えた。

「ご苦労であった」

奉行はいつもと変わらず平静に言い、そばに折り畳んであった書状を差し出した。

「これを……」

読め、という言葉を呑み込んだようだ。幸四郎は畳を摺ってそれを受け取り、元の位置に戻っておもむろに開いた。

とたんにアッと思い、腕が震えた。

〝詫び状〟と、表書きにあったのだ。

次に、宛名の〝箱館奉行小出大和守殿〟の名が飛び込んできた。

墨の色も黒々と、角張った字がぎっしりと並んでいた。全体にそう長くはなく、一気に書き認《したた》めたような気迫がこもって、息苦しいほどだった。

漢字の多い擬古文で、……奉る、……候、……ござるを連発した丁寧すぎる言い回しと、へりくだった尊譲語が多くて読み難かった。

それを平易に要約すると、次のごとき内容になる。


〝……不肖沼田勘解由は、十年近い日々をこの箱館の地で過ごし、その最後を貴下に仕えたことを、身に余る光栄とする。

五稜郭普請のために遣わされた以上、普請を終えた時点でその任を解かれ、江戸に役替えになるはずのところ、続行を命じられた。

思えばその時、自ら辞任に至らなかったことが慚愧《ざんき》に堪えない。

と申すのも、私は大金を扱う要職にありながら、任務の職権を乱用し、悪事に手を染めていた大悪党だったからである。

その内容は、すでに貴下が掌握している通り、業者に発注した資材の代金を一割割り戻させ、二重帳簿で対応するというものだった。

悪運強く検閲の目を免れてきたことが、また悪行を続行させる励みとなったのは否めない。

しかるに昨年、この密事を告発する者が出現したにつき、私は護身のため、この者を屠《ほふ》らざるを得なかった。

告発の事実を知り得たのは、私は奉行所で役職にあるため、あらゆる情報が耳に届くよう、網を張り巡らしていたことによる。

告発者は、誰あろう、元勘定目付の板野重富《いたのしげとみ》だった。

ご承知の通り、板野兄は三年前、業者から賄賂を受け取ったことが明るみに出て、奉行所を追われた小悪党である。

この板野が、昨年のある日、突然私の前に現れた。一緒に組もうと、のっけから持ちかけてきたことに、さすがの私も驚いた。

説明によれば板野は在任中に、帳簿に不審を抱いて密かに調べ、私の不正を突き止めていたらしい。私が断ると、法外な口止め料を要求し、払わなければ、奉行所に垂れ込むと脅した。

私はそれも断ったから、板野はそれを実行したわけだ。親しかった早川殿に会って名を明かし、この不正事件の暴露をネタに、何がしかの金銭をねだるつもりだったのではないか。

だが私はその暴露に先んじ、板野の口を封じた。

板野の身元は割れず、告発事件は宙に浮いてしまった。

いや、有耶無耶《うやむや》になったのは見せかけだけである。密かに水面下で調査を進めた小出奉行の力量は、追われる側からしては恐るべきものだった。

腹心を騙さずしては、下手人を油断させることなど出来ぬだろう。私は油断したつもりはなかったが、二重帳簿のからくりを見破られ、気がつけばがんじがらめだった。

その窮余の一策で、奉行所焼き打ちを画策したのである。

帳簿が焼失すれば、ごく自然に証拠は消える。

ただあからさまなやり方では、悟られる。探索の目をそらすためアイヌを煽動し、連中の火付けに見せかけようと考えたのだ。

私は風の強い夜を選び、我が手で付け火をした。だが幸か不幸か、見張り番の交替時にかかり、秣小屋だけで消し止められた。

悪運は尽きたと悟ったのは、この時だ。

自分は天に見放されたのである。

若い調役によって新たな捜査が始められ、自分はもう保身を返上する決意を固めた。ゴミのような奴だったとはいえ、貴重な一人の命を奪い、莫大な不浄の金を得て、自分は一体何をしようとしているのか。

もとより、いずれ我が手で罪に決着つける覚悟ではいた。その時が来たと思うと、むしろ心静かに安堵する。

死を前にして、奉行所に多大な迷惑をかけたことを、深くお詫び申したく、筆を取った次第である。

ただぜひとも一つ、申し置かねばならぬことがある。

この一連の不祥事は、誰の指図も受けず自分の邪心より発したことであり、金は遊興に遣い果たしたということだ。一切が、沼田個人の不徳に起因することである。

一片の弁明の余地もないこの身で、慢心も甚だしいと承知しているが、さらに以下のことを願い出たい。

我が一身の始末として、切腹を賜りたいということだ。

武士として、徳川の臣として死ぬることを、お赦し頂きたい。

なお蛇足ながら、今の幕府は危急存亡の時にあり、どの綱を引いても、その瓦解《がかい》に繋がりかねない。ゆえにそこをお含みの上、我が遺骸は野ざらしにして頂きたく、お願い申し上げる。

沼田勘解由拝〟

九

最後のその署名は赤黒く、血で書かれたと思われる。

読み終え、目を上げると、奉行と目が合った。幸四郎は暗い所から明るみに出たような眩《まぶ》しさを覚えた。

自分はまたも、見誤っていたようだ。

「これは沼田が最後に奉行所を出る直前、私の机の上に置いて行ったものだ、私はそれを朝になって読んだのだ」

奉行は言った。

それは本当だろう、と今は素直に幸四郎は思った。

しかしいずれにせよ、小出は大方のことは掌握していただろう。仮に拘束を一晩延ばすことで、沼田に時間を与えたとしても、それは幸四郎の望むことであった。

そうするしかないではないか、と小出の目の色は訴えているようであり、幸四郎は詫びたい気持ちで一杯だった。

「その詫び状をいかが思うか、正直に申してみよ」

言われて言葉に詰まった。

沼田は〝獄門〟に値する大罪を犯し、そこに温情を狭む余地はない。だが〝幕府を騒がせないでほしい〟という最後の文言《もんごん》は、その背後にある何かを暗示してはいないか。

沼田という男の織りなす光と影が、なお謎を作り出す。

「……この支倉、箱館奉行所に来ていろいろ見聞致しましたが、これほど不可解な事件は初めてです」

幸四郎は頭を下げ、乾いた声で言った。

「沼田殿の家に初めて入り、実に質素な暮らしぶりと見受けました。正直なところ、不正に得た巨額の金はどこへ行ったのか、それが疑問でなりません。よもや沼田殿は、誰かに命じられ……」

「いや」

小出は遮った。

「それは私も分からぬが、沼田の悪事には、沼田なりの大義があったようだ。金は、己の信じる道に投じていたのは間違いなかろう」

己の信じる道？

ハッと幸四郎は思い当たった。

沼田の背後には幕閣がいるように思っていたが、あるいは、そんな影を作り出したのは沼田自身ではないのか。すなわち、滅びつつある幕府の下支えになると信じ、自ら金を捻出して、誰かに上納し続けた……？

それが誰であるか、不浄の金を受け取っていた者の名を、奉行は知っているのだろうか。

「一つ伺わせてください。あの小火騒動の時すでに、お奉行はすべて見通されていたのですか？」

「まさか……」

「ですが、沼田様のことは調べがついていたと」

「その件はそうだが、あの火事が、帳簿を焼くためだったとは、想像しなかった。埒《らち》外《がい》のことがいろいろあるゆえ、一存では判断つかぬこともある」

書状を畳みながら言い、さりげなく幸四郎の性急な問いをそらした。

「ところでその方、雪達磨を作ったことがあるか」

「あ、いえ、ありません」

思いがけない問いに、面食らった。

「蝦夷地に来て二度めの冬になりますが、何やかやと忙しく……」

「そうか、私は作ったことがある」

小出はポツリと言った。

「あれはことのほか楽しいものだぞ」

幸四郎は、奉行がこの地で、幼い長男を喪《うしな》ったのを思い出した。雪達磨は、その子のために作ったのだろうか。

「沼田も一時《いっとき》、楽しんだのかもしれん」

「はい……」

「沼田のしたことに情状酌量の余地はない。ただ一命をもって詫びたことを徳として、後の処理をそちに任せる」

「了解しました」

幸四郎が了解したのは、残された沼田の妻と子どもらに、あの自害をどう伝えるか、ということだった。奉行はそれを自分に任せたのだと。

深く頭を下げ、詰所を出る。

廊下は凍りつきそうなほど冷えていた。

ササササ……と軒に降り掛かる雪の音が、人の気配のように廊下を走っていく。板戸をどんなに厳重に閉め切っても、微かな隙間から、細かい粉雪が吹き込み、廊下に白い筋を作った。

暦は新春でも、春まだ浅い北辺の午後だった。

第二話　ヤンキー・ドゥドゥル（まぬけなヤンキー）

一

雪達磨を作ってみるか。

支倉幸四郎がふとそう思いたったのは、久しぶりにドカ雪の降った、寒い休日だった。

「こんな柔らかい雪がドッと降ると、春はすぐそこですよ」

とウメは言うが、去年もそう言われてからがずいぶん長く、待ち遠しかったように思う。

生まれ育った江戸牛込《うしごめ》では、雪遊びをした記憶はあまりない。春の到来を、一刻千秋の思いで待ちこがれた覚えもない。

せっかく蝦夷地に居るのだから、蝦夷地を楽しんでみよう。

そんな思いから、襷がけの身軽ないでたちで、手袋をはめ、笠を被って庭に出た。外から帰ったらうがいを忘れるな、ゾクゾクしたら生姜《しょうが》湯を呑め、とうるさい磯六は留守で、与一が出てきて手伝ってくれる。

たまに童心に返るのもいい。夢中で雪を転がして、背丈ほどの達磨が出来上がる頃には、汗びっしょりで、頭が空っぽだった。

与一が炭と炭団《たどん》を持ち出してきて、目鼻をつけていると、背後に雪を踏む音がした。はっと振り向くと、毛皮の外套と帽子を身につけた男が、立っている。アメリカ領事館の通詞、ウイリアム・ハワードだ。

ハワードとは、江戸の共通の友人を介して親しくなった。日本語が達者で、同年齢のよしみもあり、何度かお茶にも招かれ、この家にも訪ねて来て、今は友人同士の付き合いになっている。

「こんにちは、ハセクラさん、ご精が出ますな」

いつもの達者な日本語で言い、笑っている。

「や、ミスター・ハワード」

幸四郎は笠を脱いだ。

「いや、そのままそのまま。ウイリアムと呼んでもらいたい」

「通りすがりでもなさそうだが、今日はまた何か……？」

それには答えず、雪達磨の前に立ってしげしげと眺め、被っていた暖かそうな毛皮帽を、ひょいとその頭に載せた。

「日本の雪達磨は、面白いな」

「アメリカにもあるだろう」

「日本のは、頭と胴体の二段だが、アメリカのは三段でね。頭と胴体と足……それにでっかい」

「へえ。体型に合わせているのかな」

ノーノーと、ハワードは大きく指を振った。

「日本ではその昔、達磨に似せて雪人形を作ったらしい。だから雪達磨といい、足がない……」

「詳しいなあ。少しも知らなかった」

幸四郎は苦笑が先に立った。日本人の自分はなにも知らない。

「いや、そんなものさ。長崎に居た頃、雪が降ると子ども達がよく作った。日本人には見馴れた光景だろうが、自分らには面白かったものだ」

「ではアメリカでは、雪達磨を何と？」

「国ではスノーマンという」

　スノーマンか。

　頷きながら、幸四郎は思わず笑いそうになった。

　アメリカ領事ライスが思い浮かんだのだ。ライスは背丈が六尺を超す大男で、太っており、色が真っ白だった。

　いや、外見だけの話ではない。

　今年から奉行所を引退し、相談役となった早川正之進から聞いた話だが、ライスが箱館に赴任した直後の安政五年頃、こんなことがあったという。

　大雪が降った日の朝、旧奉行所の前に誰が作ったか、大きな雪達磨がデンと据えられ、胸に〝ライス〟という名札が下がっていた。それが何とも愛嬌《あいきょう》があって、ライスに感じがよく似ていたという。

　ライス自身、たいそう愛嬌のある領事だった。

　故国の文化や風習を日本人に教えたが、先進国の奢《おご》りはなく、偉ぶって見下《みくだ》すところがない。性格も豪放磊落《ごうほうらいらく》で大らかだから、地元民に愛されており、箱館で最も有名な異人の一人と言えるだろう。

子どもが大好きで、祭りともなれば歌や踊りを教えた。

外人居留地の祭りの時は、楽隊を組み自らも西洋の笛を吹いて、アメリカ民謡〝ヤンキー・ドゥドゥル（まぬけなヤンキー）〟を演奏したこともあるほどだ。

「外国領事に対し不謹慎である」

雪達磨につけられた名札は、当時の組頭がすぐにそう断じて外《はず》したが、達磨は壊さなかったから溶けるまでそこに立っていた。

以来ライスを、〝スノーマン〟と呼ぶ者もいたという。

そんな悪戯《いたずら》をした主《ぬし》は、他ならぬ早川以外に考えられない、と幸四郎は見ている。

——ちなみに〝ヤンキー・ドゥドゥル〟とは。

ヤンキーとはもともと、イギリス軍がアメリカ植民地軍をさして使った言葉で、ドゥドゥルは〝まぬけ〟という意味か。

インディアンとの戦争の時、アメリカ軍の戦闘服の野暮ったさを、イギリス軍がからかって歌ったようだが、当のアメリカ軍が好んでこの歌を歌い、国民的な愛唱歌ともなった。

マシュー・ペリーが五隻の軍艦を率いて浦賀に来航した際、ペリーは二百数十名の海兵隊を率いて神奈川久里浜《かながわくりはま》に上陸した。

一行は浜から、浦賀奉行所の用意した仮設応接所まで、少年鼓笛隊《こてきたい》が太鼓を連打する中を粛々と進んだ。ぶじに大統領親書を渡し、引き上げる際、今度は軍楽隊がこの曲を行進曲風に演奏し、整然と行進して軍艦に戻った。

その格好よさに、見物した日本人は驚嘆したという。

数年後に開港になった箱館でも、たぶん折にふれて演奏されたことだろう。現代の日本では、〝アルプス一万尺〟として親しまれている。

二

「何がおかしい」

幸四郎の笑顔を見て、ハワードが問うた。

「あ、いや、失礼……。それより、御用は何です。立ち話も寒いから、良かったら中で一杯やりながら伺おうか」

誘いながら、幸四郎はもう歩きだしている。

「……実は、我が領事ライスのことなのだが」

家に招き入れ、囲炉裏の火を囲んで窮屈そうに胡座《あぐら》をかくと、ハワードが言い出した。

この符合に、幸四郎は今度こそ本気で笑いだす。ハワードがいよいよ眉をひそめたのを見て、やむなくスノーマンのことを話した。

「スノーマンか、言われてみればどこか似ている」

ハワードは手を打って笑った。

「あ、くれぐれも領事殿には内密に」

「いやいや、これしきで怒る人物ではない。かのペリー提督のあだ名は、〝熊おやじ〟だからね。あまりにガミガミうるさく、点呼や合図の声がでかいんで、軍艦の乗組員は陰でそう呼んでいたそうだが、ご本人も納得していたようだ」

「ああ、その熊おやじは、箱館にとって大恩人だ」

嘉永《かえい》七年（一八五四）にこの町にやって来て、〝箱館にまさる良港はない〟と太鼓判を捺したのは、今も語り草になっている。幸四郎はひとしきりそのことを話し、座をほぐした。

「それはともかく、ライス殿がどうされたと？」

「ああ、ちょっと相談ごとがある」

ハワードは、座布団に座って折り曲げた長い足を窮屈そうに組み直し、声を改めた。

「今日は公の話ではなく、友達として折り入ってお願いしたい」

訴えるような青い目に見据えられ、幸四郎は頷いて言った。

「喜んで。おぬしには借りがある」

「ただしここだけの話ということで」

「心得た。軽く呑《や》りながら承ろう」

ハワードが日本酒を愛していると知っていたから、与一に酒の燗《かん》を命じておいたのだ。運んできた盆から酒の徳利を取って、手酌でいくことにする。

「醜聞のことを、英語ではスキャンダルと言うが……」

「ふむ、ライス領事にスキャンダルが生じたということか」

ハワードは、青い目を見開いて頷いた。

「相変わらずおぬしは察しが早い。ただし正確には〝スキャンダル〟ではない。本人に覚えがなければ、スキャンダルとは言わないからな」

「なるほど、それは日本では誹謗中傷という」

「今、領事にスキャンダルが持ち上がっては、困るのだ」

「いつだってスキャンダルは困る」

「いや、ライス領事には、特別の事情がある。奉行所のお役人なら先刻ご承知かと思うが？」

「ああ、詳細は心得ないが、聞いてはいる」

幸四郎は頷いた。

実は最近になって、アメリカ領事エリシャ・E・ライスについてある噂を聞き、結構驚いていた。

あのライスは〝偽《にせ》領事〟だったというのだ。

開港以来すでに十年近くも領事として活躍しており、奉行所も公認していたが、実は〝領事〟というのは詐称《さしょう》らしいのだ。

それは奉行所では、いわば〝公然の秘密〟だったらしい。

正式に〝領事〟と認められたのは、実はつい昨年の秋である。

事《こと》は安政四年（一八五七）四月五日に始まる。

ペリー来航から三年後のその日、春まだ浅い巴《ともえ》湾に、星条旗をはためかせてアメリカの捕鯨船が入港してきた。

翌日には、船から降り立った六尺豊かな巨漢が、船長と、通詞を従えて基《もとい》坂《ざか》を登って旧奉行所を訪ね、奉行に面会を求めた。

捕鯨船の入港は既に知らされていたから、先代の奉行村垣淡路守範正が応対した。通詞は品川藤十郎《しながわとうじゅうろう》である。

男はエリシャ・E・ライスと名乗った。

「自分はアメリカ合衆国大統領より領事に任命され、故国からはるばる赴任の旅をしてきた者である、ついては宿舎などの便宜をはかって頂きたい」

ライスと名乗った男は堂々と言い、携えていた米国務長官マロリーの署名のある任命書と、十四代大統領フランクリン・ピアースの親書を差し出した。

奉行と、立ち会い人は色めきたった。

アメリカと和親条約は結んだが、通商条約はまだ成立していないため、領事の居留は認められていないのだ。

何よりそもそも一国の外交官が、捕鯨船で赴任して来るものだろうか。だがライスは、自分の身分を〝コンシェル〟（領事）と称した。

「コンシェル？」

通詞の翻訳を聞いて、村垣奉行は鋭く問い返した。

小出の前任のこの村垣淡路守は、幕府でも能吏として知られ、きっての外国通であるからその言葉を聞き逃すはずもない。

「あ、いや、エゼントです」

ライスは、慌てて〝エゼント〟（事務官）と言い直した。

あるいは蝦夷地ハコダテ辺りでは、コンシェルとエゼントの区別などつくまい、と侮っていたのかもしれない。

だが携えて来た国務長官の書簡には、ライス派遣の目的は、〝箱館に入港するアメリカ船の便宜の計らいと、アメリカ居留民の保護〟と書かれ、ライスの身分については〝コマーシャル・エゼント〟（貿易事務官）と明記されていたのである。

しかしながら村垣奉行は、一行を酒や料理や和菓子で手篤く饗応し、求めに応じて仮宿舎を用意した。

領事待遇に気を良くしたか、ライスは目ざとくも近くにある浄玄寺《じょうげんじ》の別堂に目をつけ、ここで事務所を開きたいと申し出てきた。そこは港に近く、奉行所にも運上所にも至便の場所である。

この要求が受け入れられると、ライスは喜んでその別堂に移って国旗を掲げ、〝アメリカ貿易事務所〟とした。これが初めてのアメリカ領事館である。

一方、不審を拭えない奉行は、下田《しもだ》のアメリカ総領事タウンゼント・ハリスに、その身分について照会した。ところがハリスは、ライスの赴任を知らず、我が国に〝エゼント〟という官名はないと返答してきたのである。

だがさすがにハリスは自国に照会したらしく、しばらくして「ライスはコンシェル四等官のうちの最下官である」と知らせて来た。

村垣奉行はこのどこかいかがわしい〝闖入者《ちんにゅうしゃ》〟の処遇に苦慮し、幕府に指示を求めた。

老中からのお達しはこうだった。

「今さらライスを追い返すわけにもいくまい。来年六月には通商条約も整うから、正式な領事が派遣されよう。それまでは今の通りにしておけ」

おそらくアメリカは、通商条約が整うのを見越し、各国に先駆けて、とりあえず貿易事務官を送り込んだのだろう。

だが翌安政五年、修好通商条約はめでたく整ったが、新官は来たらず、ライスはそのまま箱館に居座った。

――ちなみに村垣淡路守とは。

〝御庭番《おにわばん》出身〟という異色の経歴を持つ奉行。

代々、将軍の御庭番の家に生まれ、密偵（スパイ）としてさまざまに変装し、各地に潜入して情報を取ったという。

能吏のため井伊《いい》大老に重用《ちょうよう》され、安政三年に第三代箱館奉行に就任。外国奉行、神奈川奉行なども兼任した。

安政七年（一八六〇）の日米修好通商条約が批准《ひじゅん》された折は、遣米使節の副使として、ポーハタン号で太平洋を渡った。

それに随行した護衛艦が、咸臨丸《かんりんまる》である。艦長の勝海舟《かつかいしゅう》は、ほぼ一か月の航海中、船酔いでほとんど寝たきりだったのは有名な話だ。

一行はアメリカで熱狂的に迎えられ（コスチュームの異様さもあっただろう）ジェームス・ブキャナン大統領にも謁見《えっけん》し、書類に署名している。

箱館では開明派として活躍し、五稜郭や、弁天砲台《べんてんほうだい》の普請を手掛けた。歌詠みでもあり、こんな歌がある。

〝ふり積もる雪の光に照りまさる
　箱館山の冬の夜の月〟

という次第で、ライスの正式官名は〝貿易事務官〟だったが、平然と領事を名乗り続け、次々と赴任してくる諸外国の領事に面目《めんぼく》を保った。

〝箱館に一番乗りした領事〟であることを、誇りとしていたのだ。

ただ、後続のロシアもイギリスも領事館を新築したが、アメリカ領事館だけは、いつまでも寺の別堂にあった。

例の雪達磨が作られたのは、そんな時期のことゆえ、陽が照ると溶けてしまう〝スノーマン〟は、なかなか含蓄《がんちく》のある呼称だった。

何がしかの後ろめたさはあったにせよ、ライスは快活で豪放磊落で、いつも庶民の味方の〝領事〟だった。

豚の捌《さば》き方や、調理法、牛乳の作り方など、生活面でさまざまな西洋文化を伝え、行政にも優れた手腕を発揮し、地元民に愛された。

半信半疑の奉行さえ、〝文化伝導師〟として感謝するようになる。

だがこうも一人勝ちすると、やっかみが生じるのが世の常で、同国人にはかれを胡《う》散臭《さんくさ》く思う者が、少なくなかった。

というのもライスは、不良米人には領事として厳しく処罰した。

箱館のような開港地では、植民地さながら地元娘に手を出す外国人が多い。酒を呑んで暴れる船乗りや、日本貨幣を偽造したりする不心得者も後を断たない。

そうした者を容赦せず、船員への酒の販売も禁止したのだ。

「一介の貿易事務官が、越権行為ではないか」

「何様のつもりだ、自分こそ偽領事のくせに」

そんな怨嗟《えんさ》の声が、ついに下田のハリス総領事の耳に届き、それはハリスから本国の国務省にまで伝わった。果ては国務省から本人に問い合わせが来るに及んだ。

これにはライスも仰天《ぎょうてん》したらしい。

自分がそんな不評を買っているなど、思いもよらなかったのだ。

ともかくも、急ぎ、身の潔白を証明する必要に迫られた。

まずは妬みや逆恨みをかった原因を書き出して弁明書を作り、自分に好意を寄せる有力商人や捕鯨船船長、奉行所役人らの書状を添えて、ただちに本国に送った。そこには〝ライスへの批判は根も葉もない中傷である〟という証言が書き連ねてあった。

これでは足りず、さらに国務長官に宛て釈明書を送りつけた。

そこには自分がアメリカ官吏として、いかに誠心誠意励んでいるか、いかにジェントルマンに恥じない生活を送っているか、綿々と書き綴った。

〝……賭け事はせず、酒も付き合いのワインしか呑まず、一日二食で、朝は太陽と共に起き、夜十時までには就寝し、乳牛一頭と二匹のブタを飼育し、散歩と乗馬を楽しみとし、外泊も雨の日に船中泊しただけで、茶屋遊びなどしたこともございません……〟

こうした涙ぐましい努力が実り、国務省はそれ以上の追及はしなかった。

その後、ライスは健康を害していったん帰国したが、再び帰任した昨慶応元年一月、浄玄寺別堂の貿易事務所が、正式にアメリカ領事館に昇格した。晴れて、十年ぶりに、初代〝コンシェル〟となったのである。

三

「……領事は豪快な人物で知られているが、ああ見えて、〝ノミの心臓〟なのだ」

ハワードが言い、幸四郎が訊き返す。

「ノミの心臓？」

「巨体に比して、気が小さいことの喩《たと》えだ。いつもいわれなき軽蔑や悪口を恐れておいででね」

「そうも見えないが」

「いや、身分詐称がよほど後ろめたかったのだろう。ようやく天下晴れたところへ、とんでもないスキャンダルが持ち上がった。まあ、少し聞いてもらいたい」

ハワードは苦笑し、また窮屈そうに足を組み変えて、語り始めた。


「つい昨日のことだが……」

一人の武士がアメリカ領事館に現れ、山越《やまこし》と名乗って、領事に面会を申し出た。真っ黒に日焼けした四十がらみの男で、立派な頰髭をはやし、総髪で、紋付袴に厚手の外套を羽織っており、風采も態度も堂々としたものだった。

面識のない相手は普通、しかるべき人物の紹介状により、前もって約束を取るという手続きを踏んで面会が可能になる。

ところがこの男は、紹介状も約束もなかった。

当然、門前払いになるところだが、どのように門を通り抜けたものか、落ち着き払って玄関に到達し、一通の書状を差し出した。これを領事に読んでもらえばいっさいの事情は分かる、と言い張って帰らない。

やむなく書状は領事に渡され、それは達筆な日本語で書かれていたため、すぐに書記官で通詞のハワードが呼ばれた。

ざっと目を通し、ハワードは息を吞んだ。

とんでもないことがここには書かれていた。

〝先般、手紙で通告したように、私には六つになる孫がいる、領事の子である〟

そんな文字が飛び込んできたのだ。

〝それがしの一人娘は綾《あや》といい、領事館近くの大店に奉公していたが、ある日断りもなく実家に帰ってきて、子を産んだ。トミーという。三年後の一昨年、綾は風邪がもとで死んだが、いまわの際《きわ》にそれまで黙して語らなかった子どもの父親を〝アメリカの領事さん〟と打ち明けた。調べてみると疑いなき真実であると判明したにより、その件について話し合うべく、書状を送った。しかるにいっこうに返事がないため、自らまかり越した次第である〟

要約するとそんな内容で、山越権次郎《ごんじろう》と署名されていた。

ハワードが翻訳して読み上げると、ライスはガタンと立ち上がり、頭を抱え、手負いの熊のように室内を歩き回った。

「追い返せ！」

ついに両手を振り下ろして叫んだ。

「小使を呼んで外に放り出せ、今すぐだ」

「しかし先方は梃子《てこ》でも動きませんよ」

「これは事実無根の言いがかりだ！　そのような事実は全くない。何を根拠にそのようなことを言う。何度来ても結論は同じだ。これは金目当ての強請《ゆすり》か、私の出世を妬む輩の陰謀に相違ない、いっさい聞く耳持たぬ。会う気もない。さっさと追い返せ。二度と再び現れたら、今度こそ容赦なく捕らえて、アメリカの法によって厳罰に処すると……」

「ならば、今、捕らえた方がいいと存じますが」

「関わりたくない、追い返すのだ！」

ライスは真っ赤に顔を上気させ、吠え立てた。

命じられた通りにハワードは、流暢《りゅうちょう》な日本語で穏やかに説明すると、山越某《なにがし》は無表情のまま手招きし、ハワードを外に連れ出した。

雪に覆われた寺の境内には男児が一人、寒そうに両足を踏みながら、こちらを見て立っている。その子の目は青く髪は黒く、肌は白く、六つにしては体が大きい混血児だった。

「すでに領事には書状で通告してあるが、あのトミーを引き取ってほしい。ついては五十両の金子《きんす》を要求する」

「………」

「これは全くの真実であり、それがし、恥じることもない。領事にも真相を確かめてもらいたく、公明正大に二日の猶予を与え、こうしてまかり越した次第なのだ」

「領事の返答を今伝えよう、〝いっさい聞く耳は持たぬ〟だ」

　ハワードの宣言に、山越は臆するふうもなく言った。

「それがし、すでに浦賀の総領事殿に宛て、ライスの恥ずべき行為を書状に認《したた》めてある。要求が聞き入れられぬ場合、友人がその手紙を発送する手はずになっており、それがしはこの場で、武士として腹をかっさばいて果てることに致す」

　ハワードも、これには慌てた。

「待て、死んでどうする。私から少し訊いてみよう」

「……ならば、あと一日猶予を与えよう」

「四、五日ほしい」

「いや、三日だ」

「領事館は貧乏だ、金が集まらなかったら元も子もない」

「ぎりぎり三日だ。三日後の午前、使いをよこす。その者に金を渡せ。受け渡しが滞《とどこお》りなく済んだ時点で、あの子を渡す。そう領事殿に伝えよ」

幸四郎は無言でまじまじと、囲炉裏の火に炙られて赤く上気した、若い通詞の顔を見つめた。

「どうもよく呑み込めないが……」

幸四郎は言った。

「領事殿は身に覚えがないなら、何故その場で、詐欺《さぎ》として捕らえなかった?」

「それ、そこだよ。私もそこを追及したのだが、領事はひどくスキャンダルを恐れている。相手がまた、厄介そうな奴だからね。領事は最初の書状を受け取ってすぐ、子飼いの密偵に密かに調べさせたらしい。その限りでは、山越某が言う通り、近くの店に確かに綾という娘が奉公しており、三年前に死んでいるという」

ハワードは玄関の戸を開け閉めする遠い物音に耳をすませ、

「むろん私は、ライス領事にも話を聞いたよ。密偵の話と総合すると、こういうことになる……」

ライスは、綾という小娘をよく覚えていた。

十年前、大町にある『小島屋《こじま》』なる仏具店に奉公していた娘だ。ライスは、領事館が軒を借りている大家の浄玄寺に、たまにお茶に招かれるのだが、そのうち、寺が注文した品物を届けに来るこの娘を知り、話をするようになった。

小柄で愛くるしく、当時は十七だったが、異人の目には十一、二にしか見えなかった。ライスはこの娘を可愛がり、〝領事さん〟と甘えて呼ばれるのを喜んだ。

仏具店まで行って、日本独特の仏像などを買うと、後で綾が届けにくる。その時は駄賃《だちん》の他にカステラなどお菓子を与えると、嬉しそうに店に持ち帰って、奉公人に分けたという。

この綾女は、急に姿を見せなくなった。

住職の話では健康を害したらしい。案じて仏具店に行き、それとなく大旦那に訊くと、店を辞めたのだという。

綾の実家は近郊の開拓村で農業を営んでおり、その手伝いで帰ったと。ライスの知るのは、そこまでである。

密偵は、浄玄寺を中心に、話を訊き廻った。

小島屋の店主は代替わりしており、大旦那だった亡父が、知人を介して綾を引き受けたものと説明した。その父に聞いた話によれば、綾の実家は貧しい開拓農家で、綾は弱い子だったから、町に奉公に出されたと。

だが今となっては、綾のその後や連絡先などは全く分からない。

ただ綾の父の名が山越権次郎であったのは、確かである。

仏具店の大旦那とは長く親しい付き合いだった寺の住職には、もう少し詳しい話を聞いてきた。

山越は山陰の小藩で代々禄《ろく》を食《は》む武家だったが、主家が改易《かいえき》になり、妻子を連れて江戸に流れて来た。

だが浪人暮らしは苦しく、生きあぐんで、幕府の〝蝦夷地入植〟の呼びかけに乗ったのである。

お目見《めみえ》以下の幕臣や、陪臣《ばいしん》、浪人などがすでに数多く入植していた。山越は三十を過ぎてこの政策に応じ、初めて蝦夷地に渡り、馴れぬ農業を始めたようだ。

家族は妻、長男、長女だったが、十歳の娘は弱く開拓地の暮らしに耐えられないため、つてを辿って小島屋に預けたのである。

綾は武家の娘として読み書きに秀で、色白の別嬪《べっぴん》だったから、ゆくゆくは小島屋の養女になる話も出ていた。

だが武士の開拓が、一朝一夕《いっちょういっせき》でうまくいくはずもない。

三年までは食費が支給されたが、それを切られると、食べる穀物にも事欠いた。若い長男はこの貧乏に嫌気がさし、尊王攘夷に身を投じたいと十九で出奔《しゅっぽん》。その後、行方不明と聞いている――。

　ハワードは肩をすくめ、両手を差し上げてみせた。

「その家は、箱館の対岸に広がる原野の奥にあるらしいが、そのどこにあるやら誰も知らない」

「その子が領事の子という、確かな証拠はあるのか？」

「ノーですよ。だが違うという証拠もない」

　ハワードは、眉をひそめて思い出したように言った。

「ああ、申し遅れたが、山越某は、男の子が首から下げていたペンダントを私に見せた。それはライスの名が刻まれた、純金の高価な物だった。領事に訊くと、そのペンダントは確かに自分のものだったと。綾女が珍しそうにするので、くれてやったらしい」

「純金を、縁もゆかりもない町娘に？」

「あの領事は、所有欲のないお方だ、気前が良過ぎるので疑われるのだが、たぶん他意はないだろう」

「ふーむ」

「いや、故国にいれば手の打ちようもあるが、この地では立場上、手荒なことも出来ない」

「しかし、二人の関係を知る第三者はいないのか」

ハワードは頷いた。

「領事が綾を可愛がっていたのは、周囲の誰もが知っていた。その娘が父親に〝相手は領事さん〟と告白したのなら、抗弁しようがない、と領事は頭を抱えておいでなのだ。こんなことで奉行所を騒がせるのも外聞悪い。かくなる上は明後日、奴が来たら、引っ捕らえるしかない。まさか腹も切るまいが、それで下田《しもだ》に知れ、折角《せっかく》得たコンシエルの資格を剝奪されても仕方ない、アメリカに帰るまでと……」

「また捕鯨船で帰るか。自暴自棄《じぼうじき》だな」

「いや、自縄自縛《じじょうじばく》と言いたい」

「たちの悪い奴に見込まれたものだな」

「自国の者の誹謗中傷を何とか晴らしたとたん、婦女強姦とご注進されては、コンシエルの面目丸つぶれだ」

ハワードは肩をすくめた。

「しかし無実ならば、戦うすべはあると思うが」

幸四郎が言うと、相手は大きく頷いた。

「その通りだ……。こんな噂が他国の領事に届けば、物笑いの種ではないか。それにこの春には、領事のご令息N・ライスが、副領事になる予定だからね」

ライスの妻と娘と息子は、居留地に住んでいるが、息子は大柄で父親にそっくりだった。

「〝腐っても鯛〟という言い方が日本にはあるが、山越は腐っても武士、場合によっては切腹もしかねないぞ」

言って、幸四郎も眉をしかめ首を傾げた。

「まったくたちが悪い。だから、奉行所に訴えろと私は領事を説得したのだが……」

しかしライスが言うには、奉行所は人海戦術が得意だから、自分の不面目な噂は町中に広まってしまうだろうと。

「怯えておられるのだ。ここは奉行所を頼るべきだ、と改めて進言した。内々に事を進めてくれる頼りになる人物がいる。ここは自分に任せてほしいと」

「それが私か」

「他に誰がいる」

ハワードは絶望的な笑みを浮かべた。

「ともかく五十両など払えるわけがない。領事も十年たつのに、いまだあの寺から出られないのだ。家賃だって溜め込んでいる状態でね、それでこうして、相談に上がった次第だ」

「しかし、期限は明後日までか」

ハワードは頷いた。

互いに相手の腹を探るように、目を見合わせた。

もちろん幸四郎はすでに腹を決め、悟っている。今なすべきは、領事の罪状の白黒《しろくろ》の究明ではなく、その山越なる武士の有効な押さえ込みなのだと。

「異国の地でとんだ災難、さぞお困りだろう」

幸四郎は言っていた。

言わずにはいられなかった。

ライスは、奉行所にかなりの額の未納金があると、勘定奉行に聞いている。領事が貧乏なのは、故国が金を出さないからだ。ロシアほどには、箱館を重要基地と見ていないのである。

にも拘《かか》わらずライスは箱館を愛し、身分詐称までして孤軍奮闘してきた。その好漢を助けずして、何の奉行所役人か。

幸四郎のわずかな心頼みは、山越が幕府を通じた入植者なら、奉行所で少しは調べられるということだ。

幸いにも今は、比較的暇である。すぐ動かせる有能な下役が、何人かいるのも心強い。

「よし、やれるだけやってみよう。おぬしには借りがある」

「例の海鬼灯《うみほうずき》の一件か」

「そうだ。ただし今、ぜひやってもらいたいことがある」

「何をすればいい」

ハワードの色のなかった顔に生気が甦《よみがえ》っていた。

「山越なる男とその子どもの、人相書きを作るのだ。顔の特徴、身長、身なり……逐《ちく》一《いち》書き出してくれ。それを頼りに捜索させる」

「オーケーだ」

「それと、緊急連絡もあろうから、所在ははっきりさせておいてほしい」

四

幸四郎は、ハワードが書き留めていった人相書きの写しを、その夜のうちに十枚ほど作った。

相手から〝内密に〟と、くどいほど頼まれているため、小出奉行に相談するのも初めはためらわれた。だが期限があと二日と限られている以上、余計な縛りは避けなければならぬ。

幸四郎は、翌朝一番に奉行詰所に赴き、事の次第を打ち明けた。

じっと話を聞いていた奉行は、聞き終えると、一言の感想も言わず即座に指摘した。

「その山越の名は、偽名ではないのか」

「はっ、偽者がそれを騙《かた》っている可能性はありますが、綾の父親の名は、山越権次郎に相違ありません」

「ならば、開拓掛の大友亀太郎《おおともかめたろう》に話を訊くがいい。箱館近郊の入植者には詳しい。その下役に、根本《ねもと》と申す者がいるはずだ」

「は、根本重蔵《じゅうぞう》と記憶します」

幸四郎は、顎のしゃくれた顔の長い若者を思い浮かべた。

「ふむ、その根本が、蝦夷西南部に入植した者の名簿を、保管していよう。山越がどの入植者か、根本なら正確に調べられる」

「心得ました」

「場所が特定できたら、ただちに下役を遣わせ。もし入植者であれば、身元は必ず割れる。逆に言えば、入植者はそれを知っているから、本名は名乗らないはずだ。ゆえにその者はおそらく本人ではなく、名を騙っているものと思われる」

「はあ」

「ま、しかし万が一、山越本人、ないしは山越を名乗る者が家にいた場合……その場で取り押さえ連行せよ、理由は何でもよろしい」

「はっ」

釣瓶《つるべ》打ちの指示に、幸四郎は声が上ずった。目からウロコが落ちるようだった。そうか、このようにするものなのだと。

早川正之進とはえらい違いだと思った。

昨日、ハワードが帰ってすぐ、身支度を整えて早川宅に駆けつけたのである。ライスが赴任した安政の頃を知る者は、この早川しかいない。かれは、居留地の祭りや、領事館の宴会に奉行代行としてしばしば顔を出し、ライスをよく知っていた。

だが話を聞いて早川は、ははは……と膝を叩いて笑いだしたのだ。

「笑い事じゃありませんよ、早川さん」

幸四郎は呆気にとられ、眉をしかめた。半ば公職から退いているため、早川は能天気なものだった。

「いや、ここだけの話、あの御仁ならやりかねない」

「まさか……」

「しかし考えてもみよ。ライス殿は捕鯨船で赴任してきて、わしらの度肝を抜いた男だ。その上、奉行に、身の回りの世話をする〝女〟を所望し、お固い村垣奉行の目を白黒させたのだ。お奉行はこの正直な要求に大いにたまげ、たまげついでに〝たま〟を差し出した」

もう何度も聞かされた、笑えない冗談である。

「あの山ノ上遊郭だって、領事殿のお言葉に発したものだ。肉を食らう異人は、わしらとはけたが違うと、皆で感心したものだよ」

「………」

「その混血児が六つなら、事があったのは、たま女がライスの〝お褥下《しとねさが》り〟してからだ。領事殿が天然の欲求に負け、押し倒した可能性だってなきにしもあらずではないか」

「それ、ここだけの話にしてくださいよ。ところでその女は、今どこにいますか」

「どこにいるかって？　助平な日本人の目から逃げ隠れしているのだ、知るはずがない」

　早川はようやく冷静になって言った。

「それはそうと、お奉行には早く報告しておけよ。山越の背後に、誰かおるかもしれん。このご時世、何でもありだ」

「ライス殿をよく知るアメリカ人を、ご存じないですか」

「うむ、一人おる。領事と親しい捕鯨船の船長でな、日本語もお得意だ。居留地のアメリカ人に信頼があるから、不審な動きがあれば摑んでいよう。今は入港しておるはずだ、わしが紹介状を書いて進ぜる。ああ、急がないといかんぞ」

　早川はすぐ立ち上がって、筆の準備をし始めた。

「それを持って、ただちに運上所まで馬を飛ばせ。明日会うためには、今日中に約束を取りつけなければならん」

幸四郎は小出の詰所を出た足で、大友亀太郎の詰所に回った。

かれは、相模足柄《さがみあしがら》（小田原）から来た農学者で、かの二宮尊徳《にのみやそんとく》の門下生である。蝦夷西南部の開拓に功があり、奉行所から〝蝦夷地開拓掛〟に任命されていた。

この四月初めには石狩《いしかり》原野に向かうという。石狩川に沿って広がる原生林の開拓に着手するためで、今は下準備に忙しい。

詰所に入って行くと、大男の大友は、部屋の壁に張られた大きな地図に、何か書き入れているところだった。

「……えっ、うちの入植者が脅迫事件を起こしたですと？」

話を聞いてかれは大いに驚き、声を上げた。

「ああ、これはどうか内密に願いたい」

「しかし、黙ってもいられません」

すぐに下役の根本重蔵を呼ぶよう、そばの者に命じ、太い指で地図をなぞってみせた。

「西南部といえばこの渡島《おしま》半島ですが、この地方には、十一か所の御手作場《おてさくば》（開拓農場）があり、三百人以上が入植しておるのです。箱館近くでは亀田郷ですか。そこには七飯《ななえ》村と大野《おおの》村があり、四十八人の入植者がおるはずだ。その名簿を、早速にも調べさせましょう」

その時、根本が現れた。顔の長い、身長も六尺近い若者である。

幸四郎は手短に事情を説明し、山越権次郎の人相書きの写しを見せた。

「うーん。覚えがありませんねえ」

「この者について、急ぎ調べたい。資料を持って来るよう」

大友はそう命じ、根本が機敏に姿を消すと、がっしりした太い腕を組んで、日焼けした肉厚な顔に苦渋を滲ませた。

「あの辺りはすでに成果も上がって、年貢を収める農家も出ておるのですがねえ。ただ何ぶんにも原生林は、空も見えんほど鬱蒼《うつそう》としております。開墾は、ヤブ蚊やヒルとの戦いでして、武士からの転職組は、バタバタ病に倒れましたよ。それが、このような暴挙につながったのか……」

――ちなみに蝦夷地開拓は。

多くの浪人や逃散《ちょうさん》者の救済として、幕府が打ち出した政策。

入植希望者には、旅費と土地と家を与え、農具を貸与し、三年間は食費も支給する。

開墾した土地は開拓者のものになった。

かの坂本龍馬《さかもとりょうま》が、終生、入植に情熱を燃やしていたのは有名である。

龍馬の構想では、基地を箱館とし、箱館から大坂、下関《しものせき》、長崎へ至る物流ルートを開発し、蝦夷に共和国を打ち立てようというもの。

後に榎本武揚《えのもとたけあき》が、五稜郭に共和国を立ち上げるが、それ以前にすでに龍馬が考えていたことである。


しばらくして、根本が地図と帳面を抱えて戻ってきた。

「分かりましたよ。山越権次郎は、安政五年に亀田郷七飯村に入植してます」

若い根本は意気込んで、机の上に地図を開いてみせた。

「ほら、ここです。確かに山越の開墾状況は良くなく、昨年、勧告を受けてます」

「勧告とは？」

幸四郎が尋ねると、横から大友が答えた。

「一定期間に、ある程度の成果がなければ、立ち退きを勧告するのです。厳しいようですが、入植に不向きな人物もおるし、開墾に不向きな土地もある。おまけに入植者には、不心得者もおりましてな。支給された食費を遊興に浪費し、無くなれば逃げてしまう……」

「なるほで。では、山越はもう退去したと？」

「いや、書類によれば、山越は開拓続行を希望し、まだ七飯村におることになってますがねえ」

根本は、この不祥事の責任を感じているらしい。

「それがし、これから行って様子を見てきます。あの村には何度も行ってますから、道には詳しいです」

「そうしてくれるか」

大友が言った。

「はい、すぐに出かければ、夕刻までには何とか戻れましょう。この人相書きはお借りしていいですね」

上司の指示を仰ぐや、根本はすぐに姿を消した。

幸四郎は人相書きの写しをさらに作り、この〝青い目の男児を連れた中年男〟が宿泊していないか、箱館中の旅籠を探るよう密偵頭《がしら》に命じた。

五

ロシアホテルは、大町の外国人居留地の入り口にある。

根本が、下役と足軽ら総勢五名で奉行所を飛び出して行く頃、幸四郎は杉江を供に、馬で大町に向かっていた。

捕鯨船のダニエル・J・グリーン船長は、当ホテルで何人かの貿易商人と会食の予定があり、その前に少し面会の時間を取ってくれたのである。

船長は約束より早く来ており、その姿は初対面でもすぐに分かった。ずんぐりした小太りの体に金モールの制服制帽をまとい、異人らが賑やかに出入するロビーのソファで、一人パイプをくゆらしていたからだ。

挨拶を英語で交わすと、日本人ボーイが二人を奥の小部屋に案内した。船長が気を利かして、予約しておいたようだ。

幸四郎は船長にウイスキーを、自分にはコーヒーを頼んで、切り出した。初めは英語だったが相手が日本語に堪能《たんのう》と分かると、途中から日本語になった。

「これは内密に願いたいのですが、領事殿のことで少し伺いたいのです。もう七、八年前になりますが、綾という日本娘を、領事殿が可愛がっておられたのをご存じですか」

「まるで娘のようにな」

船長は頷いた。

「その娘について、何か噂を聞かれたことはございませんか」

「いいや。何も。その娘がどうした」

幸四郎は事件のあらましを語り、何か思い当たることがないか問うた。船長はがっしりした肩をすくめた。

「そんなことは何もない」

「では居留地のアメリカ人の間に、領事殿を陥《おとしい》れるような動きはないかどうか」

「…………」

船長は寡黙《かもく》だった。潮風とパイプの煙で燻されたような赤カブ色の顔で、むっつりパイプをくゆらし続ける。スパリスパリ……と煙を吐き出すと、辺りはさながら煙幕を張られたようになる。

「……また陰謀かね」

ややあって嗄《しゃが》れた声で言った。

「どうも、そのように思われるのですが」

「はて、それは知らないな。大抵の悪だくみに誘われるが、残念ながら今回は外されたかな」

「何か噂は……」

「ライス領事は好人物だが、妬まれやすいのだ。能力があり、人から好かれ過ぎるからとわしは思う。本人もそれを承知しておるから、婦人を泣かすような不始末は、なかったと思うがな」

その時ボーイが姿を見せ、飲み物を運んできた。

船長は、グラスの中の琥珀色《こはくいろ》の酒を一気に呑み干すと、グラスをトンと置いて立ち上がった。

「さて、私はここらで失礼する」

「あ……」

幸四郎は慌てて、立ち上がった。

「お役に立てんで申し訳ないが、私に言えるのはこれだけだ。これから多くの人間に会うから、まあ、ボチボチ聞いてみよう」

何の成果もなく奉行所に戻るのは、つらかった。

もう薄暗いというのに、根本一行はまだ帰っていない。旅籠を探っている密偵の頭《かしら》からは、成果が無いので範囲を郊外に広げるという報告が入っていた。

おまけに小出奉行が、退出時間が過ぎても残っており、ホテルから帰るとすぐ詰所に呼ばれた。

「大丈夫か」

奉行は言った。いつもの無表情な顔だが、行灯に照らされているせいか、案じ顔に見えた。

「今のところ成果はありませんが、まだ時間はあります」

「ふむ。今夜は徹夜になろう。緊急時のために、八つ（午前二時）まで組頭を残しておく。それ以後は何かあったら、構わぬから私を呼ぶように。朝は早くから起きておる」

「はっ、畏まりました」

それから間もなく小出奉行は退出した。

暗く闇がおりた六つ過ぎ、折から降りだした雪にまみれ、根本の一行が息も絶え絶えに帰着した。幸四郎らは色めきたち、再び大友の詰所に集まった。

その報告によると——。

かれらはまず開拓地にある村役場を訪ね、話を聞いたという。役人は、山越の名を聞いて驚き、すぐにも見回りに行くと言いだした。かれら役人は、郵便物や、注文された食料品、衣類などを届けるために馬ソリで村を巡回するが、ここ十日ばかり、山越家を尋ねていないというのだ。

一行はさっそく皆で馬ソリに乗り、アイヌの若者ハルカに御者をまかせて現場に向かった。その道々、話を聞いた。

山越は物静かで、開拓民には不向きな男に見えたという。その妻は一人娘の後を追うように死んだ。

綾が生んだ青い目の男児は、誰も見ていない。娘の死後、知り合いに預けたとかで、姿は消えたのである。

どこに預けたかは知らない、と役人は首をひねった。

馬ソリは灌木《かんぼく》の中の雪道を分け入った。山越の家に通じる小道は雪に閉ざされて、誰かが奥へ通っている気配などなかった。

それでもハルカが先頭に立って、カンジキで雪を踏み固めながら進んだ。やっと灌木に囲まれた家まで辿り着いたが、そこは空き家で、戸も窓も凍りつき、長いツララで閉ざされていた。

　ここを最後に訪ねたのは、松の明ける頃だったという。

「やっぱり逃げ出したようです。おそらく箱館のどこかであろうから、それがし、これから探しに出ます」

「いや、闇雲に行っても無駄だ、何か心当たりがあるのか」

　大友が沈着に訊いた。

「いえ、心当たりはありませんが、強力な助っ人を召し連れて参ったのです」

　と戸口の外に控えている若者を返り見た。雪焼けで赤くなった頬を火照《ほて》らせた、屈強なアイヌ青年である。

　ハルカは、今は村役場の雑役《ざつえき》で馬ソリで開拓地を走り回っているが、以前、山越の開墾を手伝ったことがあるという。

　失踪した不良入植者を追い、箱館の賭場《とば》や岡場所に潜入した経験もある。建築が盛んな新開地だから、多くの作業人が内地から流れ込み、盛り場は賑わっていた。

　御公儀から支給された食費をそこで使い果たした入植者は、そのまま浮浪の逃散者となっていく例が多い。

「この者は山越の顔を知ってる上、江戸者のたむろする茶屋を知っております。きっと探し出しますよ」

「なるほど」

大友が、指示を仰ぐ強い視線を幸四郎に向けた。

「どうします」

「うーん、箱館の旅籠、盛り場、賭場はすでにシラミ潰しに探って、成果はなかったのだ」

「しかし、見落としということもあります」

根本が、長い顔をひしゃげて反論する。

「別の目で探してみるのも、無駄ではないと思いますが」

「それはもっともだが、人付き合いが悪い山越も、知り合いに子どもを託している。そちらの筋を辿ることは出来ないか」

「仰せの通りですが、これからその筋を調べていては、間に合わんでしょう」

聞いていた大友が、首を傾げて言う。

「分かった」

幸四郎は小さく頷いた。

「ただちに出かけてもらいたい。ただ相手は痩せても枯れても武士だ。万一に備えて、腕の立つ捕手《とりて》を連れて行け」

六

刻々と時間は過ぎて行くが、何の知らせも入って来ない。

幸四郎はじりじりし、見つからなかった場合の作戦を思い巡らせた。

四つ（十時）頃、ウメが、夜食を与一に届けさせてきた。大鍋に入れた具沢山の煮込みうどんに、餅を入れて食すのだ。

幸四郎は、これを火鉢にかけて皆でつついた。

九つ半（一時）が過ぎた頃、奉行所は騒がしくなった。

根本一行が、一人の浪人を夜の町から拾い上げて来たのである。

男は三十前後に見え、総髪ではなく月代を剃り上げて、無精髭をはやしており、人相書きに似ているとは見えない。

古びた袷《あわせ》に毛皮の胴着で、大黒町《だいこくちょう》の賭場にいたところを、客を装って入ったハルカの目が捉えた。

ハルカは根本に何げなく合図し、席を立った。

似ていないではないか、と迫る根本に対し、自分はこの男を山越の農場で見かけたことがあり、一度見たら忘れないと言い張る。賭場の者に訊くと、男はどこかの大店の用心棒で、いつも昼間に来て早い時間に引き上げるが、今夜はごゆっくりだという。

根本は迷った。

人相書きとあまりに似ていない。人相書きの男は頬髭をはやし、総髪で、四十少し過ぎとある。

だがハルカを信じた。何か参考になる話を聞けるかもしれない。そう考えて捕手に入口を固めさせた上、店の者に男を呼び出させ、丁寧に奉行所への同行を願ったという。

男は手向かいもせず大人しく同行してきた。

幸四郎が名を訊くと、大貫主水《おおぬきもんど》と答えたが、あとは何を問うても知らぬ存ぜぬの一点張り。それどころか、自分は水戸《みと》藩を脱藩して十年になるが、この勾留の目的は脱藩の罪ではないのか、と喰ってかかった。

山越などという知り合いはおらぬ、亀田郷や七飯村の入植地など行ったこともないと。

弱りきった幸四郎は、もう八つ（二時）を過ぎていたが、自宅に待機しているであろうハワードに、迎えを出した。異人襲撃に備えて、護衛を三人つけた。

入れ違いに、別の使いが飛び込んで来た。

ダニエル・グリーン船長から託された、幸四郎宛ての英文の書簡である。封を切る間も惜しく、急ぎ目を通した。

要約すると、およそ次のような内容である。

〝とり急ぎ参る。

先般、友人ライスの身に持ち上がった醜聞について相談を受け、助《すけ》っ人《と》になれる機会を与えられたことを、心より感謝申し上げる。

聞いた時は、また下らん話を……と思ったのだが、つらつら考えるうち、酒毒に濁ったわが頭に甦った記憶がある。

昨夏、横濱港に寄港した折のこと、地元の生糸商人と飲食歓談した席で、ふと耳にした話である。

開港以来、日本に乗り込んだ各国公使の間に、熾烈《しれつ》な〝先陣争い〟が続いていると……。方々は、お国の期待を背負い、来《きた》る日本の植民地分割の際は、少しでも有利な地歩を確保するべく、生き血を啜るごとき凄まじい争いを繰り広げている。

イギリスのパークス公使が将軍に謁見すれば、フランスのロッシュ公使も負けじと謁見する。互いに諜報合戦を競い、足を引っ張り合い、嘘八百を並べ、さながら狐と狸の化かし合いである。

見苦しい限りであると。

その事情は、開港地の領事レベルでも同じだというのだ。

それを思い出した私は、今夜同席した箱館商人に、それとなく横濱の話を持ち出してみると、まさにその通りだと賛同の声が聞かれた。

数人の商人たちは、頷き合って言うたのだ。

「やりにくくて仕方ありませんよ」

「フランスに言ってイギリスに言わなければ恨まれる。その逆もありでね。いっそどちらに味方するか旗幟《きし》鮮明にした方がいい」

「それで思い出したのですが、最近、妙な噂を聞きました」

言い出したのは、手広く海産物や毛皮の輸出を進める商人だった。

「ライス領事のことで、船長はもうご存じですね？」

「浪人者が、根も葉もないほら話で領事を脅迫した……と？」

「そう、その先ですよ。浪人者の背後にフランス人がおるとか」

「フランス人が！　それはなぜだね？」

私は目をむいた。

何故ここにフランス人が登場するのか。

「ですから、そこがそれ……ってやつではありませんか。フランスは、米、英、露に押されて影が薄い。そのくせ誇り高く、野暮《やぼ》なアメリカ人を馬鹿にしたがる癖がある。いや、船長を前にして何ですがね……。ライス領事は少しも粋ではないのに、箱館ではいつも一番人気で、いい場所を奪ってしまう」

「そうそう、だからしっぺ返しをしようと企んだ……」

「大方、そのような図式ではありませんか」

と商人は声を潜めた。

「フランス人は、底意地が悪い。この件でも、ライスが応じるかどうか、連中は賭けてるそうですよ、笑い物にしたいのでしょう」

ライス領事を笑い物にするだと？

この私は呑んだくれの、評判悪いアメリカ人の端くれであるが、これが本当なら何が何でも、阻止しなければならぬ。

以上は〝噂〟にすぎないが、列強の死にもの狂いの〝日本〟争奪戦を思えば、あながち否定できぬと考え、取り急ぎ報告しておく次第である。

尚この手紙は、即座に焼却されんことを……〟


「うーむ、これはいかに」

幸四郎に書状を見せられた組頭橋本は、寝不足で充血した目を剝《む》いた。

「フランスが背後にいるなど、信じてよいものか。あのグリーン船長は、呑んだくれのクジラ取りではないか」

「とはいえ早川様のご紹介ですよ。お奉行も一目《いちもく》置くお方ですから、根も葉もない噂をまき散らすはずはない。それに……」

幸四郎は、声を低めた。

「フランスが関与していると聞いて、気がついたことが一つあるのです。イエズス会の建てたあのお救い小屋、ご存じですか？」

「ああ、この近くにあるあのフランスの……？」

橋本の眠そうな目に光が宿った。

フランス領事館は、安政六年（一八五九）に置かれている。

領事としてやって来たメリメ・デ・カションなる宣教師は、天守公教会の聖堂建設に野心を燃やし、その地を箱館山麓の大工町《だいく》（元町）に定めた。

そこはロシアのハリストス正教会の下に位置し、来年にも仮聖堂が建てられるという。その実績作りか、イエズス会はその予定地に仮小屋を建て、短期間ながら孤児を収容していた。

開港してから、この町には青い目の孤児が増えており、そうした子ども達を収容し、学問をさせているという。

「なるほど」

幸四郎の言わんとすることを悟り、橋本は顔を引き締めた。

「子どもはそこに預けられたか」

「町中探しても、混血児を連れた浪人を見つけられなかった理由は、それだと思います……」

その時、ハワード到着の知らせが入った。

ハワードは、冷気で顔を真っ赤に火照らせ、揉み合わせた手に白い息を吐きかけながら、取調べ室に入ってきた。

凍りついた町の丑三《うしみ》つ時の真っ暗闇を、供も連れずに、三人の護衛に守られて馬で駆け抜けてきたという。

大貫主水は床に座ったまま居眠りをしていたが、まじまじと自分を見つめる青い目に気づくと、避けるように細い目をしばたたいた。

その顔は青白く、欠伸《あくび》をすると前歯が一本欠けていた。

「名を申してみよ」

幸四郎の号令で、大貫主水とぼそぼそと呟いた。

別室に引き取ったハワードは、首を振ってみせた。

「どうも自分には、日本人の顔の見分けがつかんのだ。誰もかれも同じに見える……。あの男は、山越であるような……ないような。どうもはっきりしないが、違うと思う」

「変装していたかもしれない。頬髭など、幾らでも付けられる」

幸四郎の言葉に、ハワードは首を傾げた。

「もっと体格が良く、四十くらいに見えた……それに捕縛中に、居眠りするとは太々《ふてぶて》しい。憚《はばか》るところがないからだ」

「太々しいから、あんな事件も起こすのではないか」

幸四郎はあの男がクロだと、思っている。

「おぬし、フランス領事館に知り合いはおらぬか」

「いや、あいにく……」

かれは肩をすくめ、青い目を光らせた。

「何故だ」

「今、説明している閑《ひま》はない」

「どうなんだ、間に合いそうか」

「あの大貫の正体さえはっきりすれば、何とかなるが」

「しなければ？」

「どうもならん」

「…………」

「ただ……一つだけ策がある。これは最後の賭けだ」

七

幸四郎らが大工町に向かったのは、夜が明けてからである。

皆、短い仮眠を取って、粗末ながら朝飯もすませた。

ハワードも、あの暗い町を一人帰るのは嫌だと言い、自分も同行させてくれ、と奉行所の宿泊所に泊まった。

お救い小屋はフランス圏だから、奉行所の権限は及ばない。

ただイエズス会と何かつながりがあるか、フランス領事の添え書きがあれば、その扉を開けさせることが出来るのだ。

山越が子どもをここに預けているなら、開けてくれよう。もっとも当の大貫主水は、そんな小屋など知らぬ、の一点張りだった。

「まずは訪ねてみようではないか。トミーなどという少年が居なければそれまでだ。居たとしても、向こうがそなたを知らぬと申せば終わりだ」

幸四郎とハワードが馬の轡《くつわ》を並べ、大貫は馬ソリに括りつけられ、警護の足軽三人が同乗した。さらに杉江と根本が後に続く。

人けのない朝の凍りついた町も、中心街に近づいて行くにつれ、通行人が目立ち、活気づいてくる。町はすでに動きだしていた。

太陽は、箱館山に向かって左側の海に昇り、水平線から沸き立つ雲が朝焼けに美しく染まっていた。

内潤町《うちまちよう》から大三坂《だいさんざか》を登り、その門前に辿り着いたのは、五つ（八時）近かった。

鉄の門扉に鍵はかかっておらず、木造の家屋に続く小道は、雪がきれいに掻《か》かれていた。

扉を叩いたのは大貫である。

幸四郎とハワードは横に隠れ、他の者達は庭の入り口にいた。建物の奥の方から、讃美歌を歌う少年の声が流れてくる。

ややあって扉が開き、修道僧らしい黒い僧服の、長身で痩せた若者が顔を出した。かれは扉の外に立っていた毛皮の胴着の男を見て、一瞬、眉を潜めた。明らかに、見知らぬ訪問者を見る目つきである。

「何の、御用ですか」

修道僧は鋭い一瞥《いちべつ》を大貫の全身に向けてから、ぎこちない日本語で言った。

「自分は大貫と申す者だが、人に頼まれて、孤児トミーを連れ出しに参った」

大貫は幸四郎から言われた通りの台詞《せりふ》を、低い声で言った。

修道僧は奥深い、疑わしげな目でまたじっと見つめ、何か事情があると思ったか、その目を外に向けた。

「頼まれた……とは、誰にですか」

分を明かした。

「このお方だ」

大貫は、修道僧の疑わしげな態度に自信を得たらしく、約束外のことを言った。

そこで幸四郎とハワードが姿を見せ、自分は奉行所の役人で、こちらは通詞だと身分を明かした。

「実は、トミーの父親が、息子が無事ここにいるかどうか案じているのです」

「混血児ですか」

修道僧は迷うような目になった。

「領事館の承認がなければ、子どもを連れ出すことは出来ません」

「いや、連れ出さなくていい、ここで会うだけでいいのです。一目見て、本人かどうか確かめられれば……」

「すみません。子どもを保護する立場から、領事館の証明がなければ、親や兄弟でも会うことは出来ないのです」

大貫主水は、さあ、どうだと言わんばかりに、幸四郎を見た。

異国船の出入りの激しい港町では、人身売買などの危険があるのを幸四郎は知らないではない。だがこの大貫は、そうした決まりをさらによく知っていて、幸四郎が門前払いされるのを予想していたようだ。

一瞬、沈黙が落ちかかり、朝の静けさが感じられた。

万事休《ばんじきゅう》すか。天はライスに味方しなかった。

ミサの歌声はとうに止んでいて、さかんに子どもの喋る声が聞こえている。そのうちバタバタと、沢山《たくさん》の足音が近づいてきて、玄関にさしかかると、物珍しげに足を止める子もいた。

「さあ、行きなさい」

修道僧が手を振って促すと、止まりかけた子も走り抜けていく。だがたった一人残った子が、大貫に、はしゃいだ声をかけてきた。

「おじちゃん？」

黒髪の大柄な少年が、青い目を輝かせて問いかけた。

玄関を去りかけていた一同は振り返った。

「山越のおじちゃんでしょ？」

奉行所に連れ戻された大貫主水は、観念して懐《ふところ》からペンダントを取り出し、何もかも白状した。

かれは山越権次郎と同じ藩出身の下級武士で、江戸での浪人生活で食い詰め、入植した上司を頼って箱館まで来たという。

だが山越家にしばらく泊まり込むうち、茫茫と広がる原生林に挑む日々に徒労感を抱き、入植を断念して箱館に戻ることにした。

ほとんど仕事のなかった江戸と違い、箱館では工事人足や海産物仕分けなど、働き口は幾らもあると聞く。

山越家を無断で飛び出したのだが、その時、この高価そうなペンダントを盗んで出たという。

娘が残した純金のペンダントを、権次郎は汚《けが》らわしい異人の物と忌み嫌い、いずれ金に換えようと手箱にしまい込んでいた。

「このような不潔な物は、孫にも無用である」

と権次郎が言っていたのだ。

大貫はさすがに金に換えるのはためらったが、金が無くなるとペンダントを出し、〝アメリカ領事さん〟の子を産んだ日本娘が領事からもらったもの、と話して知り合いから金を借りた。

その噂が、フランス領事館の館員の耳に入ったのだ。

人を介して酒食の席に誘われ、改めて話を問われた。大貫は、青い目の孫を人に預けた山越のことを語った。

するとと今年に入って再び呼び出され、金儲けしてみないかと切り出されたという。

当の山越は今年になって出奔したから迷惑はかからない、と領事脅迫を明かされた。

かれは驚愕し、真相を打ち明けた。

本当はその子の父親は、〝領事さん〟ではなく、〝領事さんのご家来〟だったと。

話を面白くするため、そう脚色していたのだと。

だが相手は、いっこうに驚かず、

「いや、本当かどうかなどどうでもよい。ライスがどう出るかを見たいのだ。晴れて〝領事〟に昇格したばかりだから、必ずや金を払うのではないか。自分らはそれに賭けている」

かれらはどこからか日米の混血少年を探し出し、大貫の逃走経路までを考えていた。

当日は事情を全く知らぬ者を領事館に行かせ、金を受け取り、近くのフランス領事館の前を通って、金をその庭に放り込んで逃げる。仮に追手がいても、領事館内は捜索出来ない。

大貫はその頃には、翌日出帆予定のフランス商船に乗っており、江戸まで無料で送り届けられる……。

大貫はその底意地悪くも、魅力的な話が気に入り、江戸に帰りたい一心で乗ったのだという。

この日は雲一つない、穏やかな陽の射す日だった。

一連の顚末はハワードからライスに伝えられ、アメリカ領事館はツララから垂れるポトポトという雫音に包まれて、安堵を取り戻していた。

すべて〝内々〟に処理されており、領事から公式な礼はなかったが、午後遅くなってハワードがやって来たのである。

手土産に、赤葡萄酒十二本入り一箱にハムやソーセージを添えて、馬ソリに積んでいた。皆で楽しんでくれと。

領事は、七年前に国に帰った下級書記官のことを打ち明けたという。その者は品行が悪くて帰国させたのだが、もしかしたら、その直前に不始末をしでかしたかもしれぬと。

「もし山越の消息が分かったら、ぜひ知らせてほしい。差し支えなければ、その子を自分が引き取って養育しようと思う」

とライス領事は、幸四郎に伝言を頼んだという。

そして幸四郎に贈り物として、硯箱のような木箱をも託していた。

驚いてその蓋《ふた》を開けてみると、何やら見たことも無い物々しい装置が中に並んでいる。

「や、もしかしてこれは……魔法の箱？」

江戸に居た時分、オルゲル（オルゴール）なる、阿蘭陀《オランダ》製の珍しい機械があると、城で聞いた覚えがある。それはねじを回せば、美しい音楽が流れ出る、魔法の玉手箱なのだと。

「そう、魔法の箱だ。これを開けると魔法にかかる」

ハワードは笑って言い、白い指で横のねじを回し、使い方を教えてくれた。

そこから流れ出て来たのは、あの〝ヤンキー・ドゥドゥル〟の楽しい曲だった。

ハワードが帰り、一人になってからも、幸四郎はまるで魔法にかかったように、その少したどたどしい文明の音に聞き惚れていた。

第三話　暁の訪問者

一

「もし、支倉様でございますか」

背後からそう声をかけられて、支倉幸四郎は足を止め、声の主《ぬし》を思いつつ振り向いた。濃い臙脂《えんじ》色の御高祖頭巾《おこそずきん》で顔を半ば隠した、見知らぬ女が、そこに立っていた。

昨慶応元年の、晩秋ののどかな午前のことである。

「いかにも支倉だが……？」

女がいつどこから現れたかと、訝《いぶか》しむ気持ちが声に滲んだ。今の今まで、周囲には誰もいないと思っていた。

折からその時節は、奉行所は墓暴き事件で取り込み中だったが、そんな忙中にも閑ありで、ぽっかり穴のあいたような休日がある。

起きると庭で百回の素振りの後、すぐ近くの神社まで走り、階段を駆け上がって参拝し、駆け下りてまた走って帰る。

汗を冷水で拭き、うがいをし、顔を洗って食卓につく。

それが幸四郎の毎朝の日課だった。

だがその日は休日で前夜に酒を過ごし、寝過ごしたため、神社への往復の時間がいつもより遅くなった。

静かな晩秋の境内には、キラキラと朝日がさし、木々の湿った匂いに混って、落ち葉を焚《た》く煙の匂いが漂っていた。

参詣をすませて軽く伸びをし、ポキポキと腕や指を鳴らして、久しぶりに伸びやかな気分に浸った。忙しさにかまけていたか、美しい木々の紅葉が、もう終わっていることに初めて気づいた。

振り返ると、箱館山も茶色く冬枯れている。

少し前には美しく紅葉していたあの山の木々は、松前藩《まつまえ》に委《ゆだ》ねられていた時代には、燃料として伐採され、丸坊主だったと聞く。

幕府の直轄地になってから、高田屋《たかだ》が先頭になって杉の植林に励み、ペリーが来航した時は、豊かな自然を取り戻していたという。

……などと思い返していて、女の声に呼び返されたのだ。

深めに被った頭巾のせいで顔の全体は分からないが、しなやかな感じの美しい女だった。見たところ三十二、三だろうか。

「少しお話が……」

囁くような声で言い、ございますを呑み込んで、場所を探すように辺りを見回した。

広い境内に人けはなく、庫裏《くり》の辺りで掃き集めた落ち葉を燃やす僧の姿があるだけだ。

「構わぬ、ここで申せ」

すると女はゆっくりと向き直るや、やおら懐から何か摑み出し、いきなり体当たりしてきた。

剣術の心得がなければ、胸から血を噴いていたところだが、幸四郎は、北辰一刀流の腕を磨いてきた。

家来の古田与一のように免許皆伝とまでは行かないが、師範も出来る黒帯の腕前である。

ただ不用意にも丸腰で、腰には脇差《わきざし》すら帯びていなかった。

「おっと！」

言いざま飛び退き、手刀で相手の手首をしたたか打った。

普通なら力余って転ぶところ、女は前のめりになりつつ踏みとどまった。打たれてもなお懐剣を放さず、素早く逆手《さかて》に構えて、再び幸四郎の横腹に突きかかってきた。

とっさに腰をひねって女を突き飛ばす。

よろめきながら女は枯れた芝生に突っ込んだ。

間髪《かんはつ》入れずに飛びかかって腕をひねり上げようとする幸四郎を、体を半回転させて振り払い、ヒッというような鋭い声を発した。

キラッと秋の陽に輝くものが、かろうじてそむけた幸四郎の首の横を、不気味な唸りをあげて掠めていった。

喉元めがけて、懐剣を放ったのだ。

一瞬ひるんだ隙に、女は脱兎《だっと》のごとく逃げ出していた。

幸四郎は追いかけたが、女はすでに二段飛びで駆けおりて、石段の下にいた。呆然と石段の上に立ち尽くし、みるみる遠のいて行く相手を目で追った。

辺りをぐるりと見回したが、相変わらず誰もいない。冷たいがのどやかな空気に、焚き火の匂いが流れている。

幸四郎は、落ち葉を焚いている老僧の元に歩みより、たった今境内にいた女に、心当たりがあるか訊いてみた。

「おや、あいにく何も気づかんで」

僧は怪訝そうな顔で、静かな境内を見回した。

「何か……？」

「女がいきなり突きかかって参った」

「はあ」

どうやら老僧は、耳が遠いらしい。

幸四郎は青ざめた顔で、しきりに喉元をさすった。手強《てごわ》い懐剣さばきに、肝が冷えていた。

「中で一服《いっぷく》していきなされ」

と僧は誘ってくれたが、丁重に断って境内を出た。

神社を血で汚さなくて重畳だったと思いつつ、あれこれ考えた。

少しだけ交わした言葉からして、江戸娘のようだが、普通の町娘ではあるまい、一体なぜ襲われたのか、見当もつかなかった。

命を狙われるほどの恨みを買った覚えなどなく、白昼夢を見たようなものだ。

懐剣に気を取られて何の手がかりも摑んでいないが、唯一目に残っていたのは、平凡な灰色の長羽織の下の、黒に群青《ぐんじょう》色の細縞の入った袷《あわせ》の着物である。

それは記憶に残らぬほど地味なものだったが、身ごなしのいいよく動く身体に、まるで生き物のように纏《まと》い付いて、裾《すそ》を乱すことさえなかったのが印象的だったのだ。

それだけでは追跡しようもない。

とはいえまた狙われる危険もあるので、せめてもの手は打った。

懇意にしている山ノ上町の古着屋『厚木屋《あつぎや》』のお千賀《ちか》に手紙を認《したた》め、その着物の柄《がら》を文字にして書き、万一目にしたら一報してほしいと頼んだ。

それきり消息は摑めず、いつまた襲われるかもしれぬという不安も徐々に薄らいで、二か月がたった。


明けてこの慶応二年、イギリス領事が交代になり、一月十七日に新任のエーブル・J・ガウルが、船で箱館に着いた。

その翌日には、大町の運上所（税関）に挨拶に訪れるという。

小出奉行は当日、各部署の役職を十人近く引き連れて待ち受け、新領事と対面したのである。

支倉幸四郎も調役として立ち会い、とっくりと眺めた。

前任のワイスより穏やかな性格という評判通り、狡猾《こうこつ》な印象はなかった。痩せぎすで鋭角的な風貌をしており、奉行が今後渡り合う相手と思えば、その一挙手一投足や言葉の端々にも、ぴりぴりと神経を尖《とが》らせた。

この日は挨拶だけで、本格的な談判は明日からになる。

午後、奉行らは五稜郭に引き返したが、幸四郎は公用を理由に一行から離れ、下役の杉江甚八を従えて『厚木屋』に向かった。

この古着屋は、店主の双兵衛《そうべえ》が労咳で寝込んでから、女房お千賀が店を切り盛りしていた。

遊郭が近いため、お千賀はまめに張り店に出向いて遊女から注文を取り、下世話《げせわ》な相談にも乗った。着物の仕立て直しまでしたから、大いに繁盛している。

幸四郎は赴任したばかりの頃、疾走してきた異人の馬に蹴られそうになったお千賀を助けたことで、懇意になった。

懇意といってもたまに店に顔を出し、しばし世間話をして町の情報を取っていたが、利口なお千賀もまた、何かと幸四郎を〝恩人〟として立てつつ、お役所の動向に探りを入れている。

二

「まあまあ、支倉様、お呼びたてして申し訳ございません」

お千賀はいそいそと出てきて、白粉《おしろい》を厚くはたいたその平たい顔を、愛嬌たっぷりに笑み崩した。

造作は美人ではないが、男好きのする艶《つや》っぽいしなをつくるのが上手《うま》い。土間の上がり框に座布団を出して勧め、火の燃え盛る火鉢を二つ引き寄せ、さらにかきたてた。

「いや、ついでがあったのだ」

腰をおろして幸四郎は言った。杉江は少し離れて座る。

昨日、このお千賀から手紙が届き、奉行所に伺いたいが都合はいかがか、と問い合わせてきたので寄ったのである。

「用件は他でもございません、お申し越しの古着でございますが、もしかしたらと思いまして……」

お千賀が背後を振り向いて合図をすると、着物を広げた二つの衣桁《いこう》を、手代《てだい》が押してきた。

それを見て、幸四郎は息を呑んだ。

そこには、あの灰色の長羽織と、群青色の縞模様の黒っぽい着物が、磔《はりつけ》になったように広げられていた。

「間違いない。これだ」

呻《うめ》くように幸四郎は言った。

「よく見つかったものだな。もう諦めていたが」

「この箱館に、古着屋はそう多くはございませんもの」

「本人がここに持ち込んだのか？」

「いいえ」

お千賀は手を振って、手柄顔で言った。仲買人が持ち込んだ荷の中に、偶然お千賀が見つけたという。

「もちろん頼んでおいたけど、向こうは忘れていたのですよ。で、詳しく訊いてみましたらね、去年の十一月の頃に、まとめて持ち込まれたそうでございます。どうやら旅芝居の一座らしいですね」

「ほう、旅芝居の……」

幸四郎は大きく頷いた。

　それは漠然と想像していたことで、そうであれば腑《ふ》に落ちる点が、幾つかあったのだ。

　まずはあの女が役者であれば、あれだけ身ごなしが軽く、着物の着こなしもきれいだったことが納得出来る。懐剣の使い方にも、通暁《つうぎょう》していよう。

　何より、あの女は本当に女だったのか。女にしては突いてくる膂力《りょりょく》が強かったから、女形《おやま》ではないかと密かに疑っていた。

　だがそのような芝居者に知り合いはなく、ますます自分が狙われる理由が分からなくなるのだった。

「その一座は小梅座《こうめざ》といって、あたしも存じています。近くの八幡様の境内で見たこともございますよ」

　小梅座は、南は信州《しんしゅう》、西は加賀《かが》あたりまで、北は蝦夷の松前、江差《えさし》……と巡業して、毎年九月末から十月初めに箱館を訪れる旅芝居の一座だった。八幡神社に小屋掛けするのを最後に、雪が来る前に、津軽《つがる》に帰ってしまうのだという。

「船に乗ると荷物にお金がかかるから、半分は売り払っていくんだそうですよ。雪の季節は津軽で別のことをして稼ぎ、春の旅立ちを待つんですって」

「なるほど」

頷いて幸四郎は言った。

「で、この着物の持ち主が誰だったかは、分からないのか」

「ええ、そこまではと仲買人が申しておりました」

「女装した女形とも考えられましょう。小梅一座の女形を、調べてみますか」

そばから杉江が口を挟む。

「ああ、杉江様、それでしたらあたしも伺って参りましたよ」

お千賀は満面の笑みで言った。

「仲買人が申すには、小梅座には、今年はいい役者が加わっていたのだと。何でも以前は江戸の大芝居に……ええと、市村《いちむら》座の舞台でしたっけ、そこに出ていたんです。それが四、五年前に何かでしくじって、江戸にいられなくなったのだとか」

「ほう」

幸四郎は頷いた。

「大抵は上方《かみがた》に流れるものだが、蝦夷くんだりに落ちてくるとは、何があったのかな。名前は何と？」

「中村中次郎《なかむらなかじろう》です。でも気が利かないったら、ありゃしない、それは旅芝居の名前で、江戸では何という名だったか、仲買人も知らないって……。ただ、確か市川小團次《いちかわこだんじ》の一座だと聞きました」

「なるほど。小團次なら誰でも知っているが……」

「あら、ご存じでございますか」

「侮るな。芝居には疎《うと》いが、小團次が有名な白波《しらなみ》役者であるくらいは、心得ている」

本当は母親が芝居好きで、子どもの頃からよく芝居話を聞かされ、たまに連れて行かれたこともあるのだ。市川小團次の名も何度も聞いていて、凶悪な白波男（盗賊）や、伝法《でんぽう》な女を演じて定評のある役者だと知っていた。

「あら、まあ、失礼申しました」

お千賀は流し目で笑う。

「でも、その中村中次郎が、この着物の持ち主とは限りませんよ」

「当たり前だ、誰に申しておる」

そうは言ったものの、幸四郎は、江戸から流れてきたその中村某《なにがし》が、着物の主である可能性は高いとみていた。

あの女の身のこなしは武術の心得があり、女と男を使い分け変幻自在の芸がある者だった。

小梅座の役者からあの女の着物が出されたのなら、その主は、相当心得のある女形と考えて誤差はないだろう。

「問題は、なぜ自分が、縁もゆかりも無い芝居者に狙われたかだ」

「個人的な恨みはなくても、誰かの差し金で、金のために狼藉《ろうぜき》に及ぶこともありましょう」

杉江が口をはさみ、お千賀に言った。

「その者は、今はもう箱館にはおらぬのですか」

「あの一座の役者であれば、とうに海を渡っていますすね」

「であれば、当分連絡はつかぬということで？」

「はい、ここまで分かったのに悔しいですけど」

お千賀は残念そうに首を傾げている。

「いや、古着からそれだけ探ったのは手柄だ、礼を申すぞ。江戸の役者だったとすれば、多少のことはこちらで調べられる。奉行所内にも、歌舞伎通《つう》を自認する者がいるからな」

幸四郎の言葉に、杉江は心得たように頷いた。

三

翌十九日、イギリスの元領事ワイスと新領事ガウルが、引き継ぎのため運上所にまかり出た。書記官ロベルソンら二、三人が付き添って来た。

奉行小出大和守は、組頭荒木済三郎《あらきせいざぶろう》、調役喜多野省吾《きたのしょうご》、勘定目付、通詞ら、十人近い陣容でこれを迎えた。

新旧交替の挨拶は穏やかにすんだのだが、引き継ぎの方はのっけから荒れた。昨年から、縺《もつ》れに縺れてきたことである。

ガウル新領事は、パークス公使からの指示として、

「墓を暴かれたアイヌに総額千壱分《いちぶ》（一分銀千枚）を渡したいので、役人衆に、落部村まで同行して頂きたい」

と改めて願い出たのだった。

ところが奉行は、今まで通り一言《いちごん》のもとに突っぱねた。

「この一件はすでに幕府に預けたので、一存では計らいかねる」

「しかし奉行衆が、早い解決を望んでいるのであれば、お奉行自身で取り決めた方が、

万事に都合が良くはありませんか」
ガウルがやんわり言った。
「もとより私も、煩《わずら》わしさは好まないが、この一件は初めから、成り行きが判然とし
かねていたのだ」
理由として、奉行はただちに次の三点を上げてみせた。
実行犯三人が差し出した白状書に、疑わしい点があったため、ワイス領事に再三面
談を申し込んだが、何の返答もなかったこと。
それなのに今般、パークス公使の指図があったからと、罪状が判然としないまま処
罰を取り決めるのは、合点がいかない。
また、アイヌに差し遣わす手当がわずか千壱分では、被った被害に相応の額である
とは思えない。
「以上のことはすでに幕府に申し立ててあるゆえ、返答が来るまで、動くわけにはい
かない」
「では、落部村へは同行頂けないということですか」
ワイスが怒りを滲ませて言った。
奉行はあっさり頷いた。

「そちらが行くのは止めないが、当方としては、事《こと》が明白に分からぬ以上、いかんともなしがたい」

「何故に明白に分かりませんか」

「今も申した通り、不都合があり過ぎるからだ」

「………」

「そればかりでない、事件に加わったインスリーとロベルソンが、談判の席に同席し筆記していたのは、あるまじき光景だ」

　ワイスは日本人を遅れた民族と侮っているためか、端々《はしばし》で手抜きをしていた。奉行はそれを、一つも見逃してはいなかったのだ。

　イギリスが誇る豪腕公使サー・ハリー・パークスの、日本、特に蝦夷地への甘い構えが、奉行には見えていた。

「日本人が同じように不正確な白状書を差し出したら、領事やイギリス人は受け取るのか。かようなことを、反対の立場からも考えてみてほしい」

　その言葉に相手は沈黙したが、奉行所の面々は深く頷いた。先方が一方的に事を進める無礼に、所内で怒らぬ者などいなかった。

「では一体どうすれば、存念に叶うのですか」

ワイスはワイスなりに、屈辱で顔を赤らめて迫った。

「盗み取った人骨を、すべて返すことだ」

「我々は骨を、可能な限り差し出しています。海中に捨てたものを引き揚げたというのに、どうして信じて頂けませんか」

「海中から引き揚げた行為は信じるにせよ、差し出された骨が、いつの時代の誰の骨か、どうして分かるのだ」

イギリス側は騒然となり、ガウルとワイスが入れ替わり、返した骨の数と、信憑性をガウルが申したてた。

それによると、森村で掘り取ったのは合計三体であり、四体だと日本側が主張するのは、誤訳だという。

その森村三体の体骨の一部は、先に返した落部村の中に混じっていたともいう。

「ごまかすな！」

そんな声が日本側立ち会いから飛んだ。

「報告書の原文は、幕府に差し出してある」

小出奉行が、落ち着いて言った。

「誤訳であるかどうかは、問い合わせればすぐに判明しよう」

「当方もワイスを急ぎ横濱に遣わし、公使に掛け合う所存です」

ガウルが決然と言い放った。

「今はアイヌらに、遣わすものは遣わしたい。例えば食事でも、一度に喰い終わることは出来ないように、一件ずつ片付けていきたいのです」

「もっともだが、飯が出たので飯だけ喰い、汁が出たから汁ばかり喰っていては、終日食事をしていることになり埒《らち》があかない」

この応酬に、両側から笑い声が上がった。

「ではアイヌの分を先に取り決め、骨不足の分は、なお糺すことに致したいのですが……」

「もし不足の骨が戻らない場合は、一つにつき幾ら払うと取り決めるなら話は分かる。それがなされないまま、アイヌに金を渡す算段には協力致しかねる。欧羅巴《ヨーロッパ》では、こうした珍しい骨の売買はいかほどになるのか」

「いや、値段というものはないのです」

ガウルは肩をすくめて言った。

「しかしアイヌの骨は高価だと聞いておるが……」

「例えば虫や魚類でも同じで、それを好きな者なら高額で買うでしょう、嫌いな者には、一文の値打ちもありません」

「であれば英国博物館に、アイヌの骨を売ると申せば、千ドルでも二千ドルでも出すのではないか」

強烈な皮肉に、さしも生真面目そうなガウルの鋭角的な顔にも、曖昧な笑みが浮かんだ。

「そのようなことでもございませんよ」

奉行も張りつめたような一文字眉に苦笑を宿し、パタリと調書を閉じた。

四

奉行所に戻ると、待ちかねたように杉江甚八が幸四郎の席にやってきた。手には、湯気のたつ茶の盆を持っている。

「お疲れさまでした。新領事はいかがでしたか」

「まあ、ワイスよりはましだが、イギリス人には変わりない」

幸四郎はかじかんだ手を手炙りにかざし、笑っている杉江から、熱い茶碗を受け取った。

「ところで八田殿《はった》はどうだった？」

「はい、おかげ様で、分かったことがございます」

杉江はそばに座り込んだ。

奉行所一の芝居通は、八田勘太郎《かんたろう》といい、勘定目付並である。

かれは数年前に箱館赴任になるまで、暇さえあれば小屋通いに血道《ちみち》を上げて、女房を困らせていたという好き者だ。

蝦夷にいても情報収集は怠りなく、誰かが江戸に出張する時は、贔屓《ひいき》の役者絵を買ってきてほしいと、しつこく頼み込むのでうるさがられている。役者の声音や所作の真似を得意とし、宴席ともなれば声がかかって大モテだった。

今朝、運上所に出掛ける前に幸四郎は、幾つかの条件を出して、八田に尋ねてみた。それは〝市川小團次の一門で、芸達者な美男で、数年前に突然消えてしまった若い役者〟というもの。

するとかれは、しばらく考えてから言った。

「おそらく市川辰之丞《いちかわたつのじょう》です、いや、間違いありません。その名を仲買人が知らぬはずはない。おそらく本人に頼まれたかして、隠しておるのでしょうな」

「なるほど、さすがだな。後で杉江をよこすから、その辰之丞について知っているこう。


とを教えてやってくれ」

ということで、八田の元へ杉江を送り込んだのである。

八田は杉江から改めて用向きを聞くと、待ってましたとばかり、蘊蓄《うんちく》を傾けたという。

それによれば――。

市川辰之丞は、小團次を師と仰ぎ、その真似から入った役者だから、芸風もよく似ているという。

師の小團次は、煙草の火を売る火縄売りの倅《せがれ》から身を起こし、当代一の名優となった立志伝中の傑物で、当年五十四歳。

門閥の出でない上に、小柄で風采が上がらず、声も悪かった。だがそれを逆手《さかて》に取って、宙乗りや早替りのケレンで、逆転の人気を摑んだのである。

歌舞伎《かぶき》狂言作者河竹黙阿弥《かわたけもくあみ》の『鼠小僧《ねずみこぞう》』『三人吉三《さんにんきち》 郭《さくるわの》 初買《はつかい》』など白波物で大当たりを取り、今や〝白波役者〟と呼ばれている。

この小團次に心酔した辰之丞は、身の軽さといなせな男前で、小悪党を演じ、たちまち女客の目を引きつけた。

いずれ一門の柱になると言われたが、四年前、まだ二十三、四の若さで、パッタリと舞台から姿を消してしまった。

何があったかは誰も知らず、さかんに惜しまれたが、今はもう、忘れられた役者になってしまっている。

当の八田も蝦夷に役替えとなり、かれが知るのはここまでだ。

「女でしくじったとか、やくざと揉めたとか、いろいろな噂が飛び交ったようですがね」

杉江は言った。

「八田殿は、小梅座のような旅芝居は観ないのかな」

「格が違うってことですかね」

「すると辰之丞はまだ三十前か。あの女が辰之丞だとすると、年が合わんな。女は三十三、四に見えた……」

「都落ちも四年になれば、老け込むでしょう」

そんな男になぜ自分が狙われるのか。幸四郎はいよいよ不可解な気分だった。

「今どこにいるかですが……、それがどうも、箱館にいるようなのです」

「えっ」

「例の、厚木屋の女将が言っていた古着仲買人ですが、地蔵町に店がありましてね。

実は今日、ちょっと時間があったので、行ってみたのです。するとその者が言うには、辰之丞を町で見かけたと……弁天町《べんてんまち》辺りを歩いていたと申すのです」

「それはすごい」

「あの辺りの安宿にいるのではありませんか」

大町から弁天町まで、山裾を取り巻くように、幅広の大通りが走っている。その両側には蔵造りの大店が軒を並べ、米問屋、旅籠、紙問屋、薪炭《しんたん》商、呉服屋などで賑わっている。

その裏路地には、小さな間口の居酒屋、蕎麦屋、飯屋、賭場、曖昧宿がひしめいて、時々出入りがあった。

「よし、弁天町界隈を洗ってみるか。あの者なら目立つから、周囲に顔を知られていよう」

密偵を放って、路地奥の賭場や曖昧宿を、徹底的に捜索するのである。その段取りを、杉江と打ち合わせた。

「それにしてもなぜ、一座と離れて、箱館に残ったのか」

「博打で借金を作ったか、それとも女か……」

町は広くはないから、お尋ね者を捕らえるのはさほど難しくはないが、女が介在すれば、一筋縄ではいかない場合が多いのだ。

辰之丞が捕えられたのは、予想通り早く、二日後である。

弁天町の路地裏の賭場に入ろうとしたところを、張り込んでいた役人に誰何《すいか》され、抵抗もせず引き立てられたという。


調べの間《ま》は、奉行所のお白州《しらす》の横にある。

幸四郎は床几《しょうぎ》に腰掛け、科人《とがにん》は後ろ手に縛られて土間に敷いた筵《むしろ》に座り、すぐ傍らに杉江が控えていた。

「名を名乗れ」

杉江に問われ、辰之丞はうつむいて低い声で言った。

「中村中次郎でござんす」

「それは小梅座の芸名だろう」

「相違ござい……」

「聞こえんぞ」

「相違ございません」

咳払いをして繰り返したが、掠《かす》れ声だった。

「生まれはどこだ」

「神田須田町《かんだすだちょう》で」

「そんな江戸者が、何ゆえ蝦夷まで来た」

「役者でござんす、足があればどこでも行きまさア」

化粧けもないその顔は、荒れた暮らしを物語るように青白くむくみ、目の下には隈《くま》が出来ている。

「中村中次郎、面《おもて》を上げよ。この私に、見覚えがあろうな」

幸四郎の声に顔を上げたが、何とも答えずにプイと目を逸《そ》らした。

「何故あのような凶行に及んだ。正直に申せ」

「お人違いじゃござんせんか」

低い掠れ声で、不貞腐《ふてくさ》れて言う。

「あたしゃ何もしていねえっす。ただし世の中嫌になったんで、斬るなら一思いにやっておくんなさい」

「甚八、こやつを一発殴れ」

幸四郎は、杉江に命じた。

これは〝交替せよ〟という幸四郎の合図だったから、杉江は立ち上がって殴るふりをして言った。

「中次郎、正直に申さぬと、本当に痛い目に遭《あ》うぞ。その方、〝支倉様ですね〟と確認して、襲ったというではないか。なぜ支倉様を狙ったのだ」

「その名前しか、存じ上げなかったんじゃやねえすか」

「その名前をどこで知った」

「どこですかね、いちいち覚えちゃァいねえってこって」

肩をすくめてうそぶいた。

あまりの小馬鹿にした態度に、杉江が殴りかかろうと拳を振り上げたところを、間《かん》一髪《いっぱつ》で幸四郎が止めた。

「よいよい。中次郎は生粋《きっすい》の江戸者だ、言いたくないことは言わぬ、それで文句あるなら煮るなり焼くなりしてくれと……？」

「そういうことで……」

「ところで中次郎は世をしのぶ仮の名、江戸では何と名乗った？」

「あたしゃ小梅座の千両役者でござんす。初《はな》っから中村中次郎で」

「ならば師匠は誰か、申してみよ」

「いえ、見よう見まねでして、師匠はおりません」

「ほう。師匠の名も言えぬか。どうやらお前は、名が知れては困るお尋ね者らしいな。それとも、蝦夷くんだりの小役人は芋侍につき、役者の名を言ったところで無駄だとでも？」

「へへ、ご自分で言ってりゃ世話ねえや」

「だがこの田舎奉行所も、そう舐《な》めたものでもないぞ」

言って手を叩くと、横の戸が開いて、男がすり足で入ってきた。戸の向こうで影聞きしていた、八田勘太郎である。

「では……」

幸四郎に目配せして、頷き合うと、かれは舞台に見立てた壁の前に立った。そして、口三味線《くちじゃみせん》で間合いを取り、首に回した手拭いの両端を引いて、見得《みえ》を切ってみせたのだ。

「……知らざあ言ってェ聞かせやしょう」

いきなりの声色《こわいろ》に、辰之丞はギョッとしたように首をもたげた。

何も聞かされていない杉江も、呆気に取られて眺めている。

「……浜の真砂《まさご》と五右衛門《ごえもん》が、歌に残せし盗人《ぬすっと》の、種は尽きねえ七里が浜……名せェゆかりの弁天小僧菊之助《きくのすけ》たァ、俺のことだ」

五

その嗄れ声、せりふ回し、大仰な仕草、いかついご面相は、小團次を知らぬ幸四郎には、どの程度のものか判断つかない。

だがそれはまさに、小團次そっくりだった。

芝居好きなら、唸るところだろう。

ところが弁天小僧の決めセリフが終わったとたん、辰之丞は、身を反らして笑いだし、幸四郎を白《しら》けさせた。今までの掠れ声はどこへやら、鬼の首でも取ったような、耳障りな呵々大笑《かかたいしょう》だった。

「ははは……こいつは驚いた。実によく似てますサァ」

かれは拍手までしてみせた。

「しかしせっかくのところ、ケチをつけたかァないが、これが笑わずにはいられるか。やっぱり蝦夷の旦那のなさることだ。言わしてもらえば、師匠が、弁天小僧をやるわけがねえんでさあ。これは菊五郎《きくごろう》の十八番《おはこ》でござんすよ」

「その師匠とは誰だ」

「……小團次で」

「よく申した。その方の師匠の市川小團次であるな」

「…………」

「そちは間違いなく、江戸の白波役者の弟子だ」

「…………」

「いや、八田殿、ご苦労でござった。貴殿の物真似は大したものだ、直属の弟子がそっくりだと認めたのだからな」

一礼して八田が退出すると、幸四郎は向き直った。

「今の者は、箱館奉行所の誇る芝居通《つう》だ。先ほど、物陰からお前を見て、正体を見破った。しかし、他人の空似だと言い張られても厄介だ。時間を無駄にしたくない。そこでちと知恵を働かせ、わざと見当違いを言ってもらった次第だ。これでも知らぬ存ぜぬと白《しら》を切るか、市川辰之丞」

「恐れ入りましてござんすッ」

這いつくばるように、辰之丞は頭を下げた。

「蝦夷くんだりで、小團次を聞けるたァ思いませんでした。感服つかまつりました。師匠が弁天小僧を演《や》ったら、まさにあの通りでござんしょう。一つ難を申せば、声が少し良すぎることで……」

「ふーむ、なるほど」

「箱館に、この辰之丞を知るお役人がいなさったとは、嬉しい限り。もう逃げも隠れも致しません」

「それは重畳、では私を襲ったのは、市川辰之丞と考えていいのだな」

「間違いございません、磔《はりつけ》なり獄門《ごくもん》なり早いところお裁きを……」


その時、外から下役が入ってきて、幸四郎に耳打ちをした。

辰之丞の近辺を洗っていた者で、何か新しい情報が入ったらしい。幸四郎はここで休憩とし、立ち上がって別室に消えた。

四半刻ほどして戻ってきた幸四郎は、座に着くや言った。

「では辰之丞、そなたは岩国《いわくに》屋の内儀《おかみ》を知っておろう。どういう関係か、正直に話してもらおう」

「い、岩国屋のお浦《うら》様ですか……。ただのタニマチでさ」

「お浦はそなたの贔屓筋だな。ではあの神社での一件とは、どういう関係になるか聞きたい」

「………」

かれは愕然とした顔になり、みるみる血の気が失せた。

「ど、どういうことで……」

「知らぬとは言わせんぞ。岩国屋の内儀が、小梅座の中次郎を贔屓にし、密通していたことは、とうに調べ済みだ」

「タニマチはどこにもおりまさァ。お浦様もそのお一人で、深い関係はござんせんよ」

「そうか、ならばあの件は亭主の惣右衛門《そうえもん》に知れてもいいのだな」

「いかようにも。それより早いところお裁きを……」

「念のため申しておくが、不義密通であれば、市内引き回しの上で獄門になるのは、お前だけではない、二人一緒なのだぞ」

「………」

「今はまだ下調べの段階だ。調べに間違いがあれば、お奉行に届く前に申しておくがいい」

「お、畏れ入りましてございます。ただ……お浦様は、あの件には無関係でして」

「かどうかはこちらが裁く」

「…………」

観念したのか、不意に辰之丞の目に涙が浮かび、涙を隠すためか激しく咳き込んだ。幸四郎の指示で、下役が縄を解き、薬罐《やかん》で無造作に白湯《さゆ》を呑ませた。辰之丞は旨《うま》そうに啜った。

落ち着くと、辰之丞は、次のようなことを語りだしたのである。

その話は、意外なものだった。

お浦は、辰之丞がまだ市村座の下積みだった十七、八の頃、贔屓にしてくれた客だという。六つ年上で、当時は柳橋《やなぎばし》の芸者として売れていたが、稼いだ金をすべて役者買いに注ぎ込んだ。

貧しかった辰之丞には、慈雨のごとき存在だった。

だがお浦はすでにその頃二十三、四の年増《としま》である。

健康を害してしばらく伏せってから、箱館で海産物問屋を営む岩国屋惣右衛門の申し入れを受け、二十七で蝦夷に渡った。

辰之丞が任侠衆と揉めごとを起こし、江戸を追われたのもその頃のことだ。上方《かみがた》にしばらく潜んでいたが、身辺に手が回っていると知り、箱館にいるお浦を頼ろうと考え、京から琵琶湖《びわこ》を廻って、北国街道《ほっこくかいどう》を越前《えちぜん》まで逃げた。そこで陸奥《むつ》から来た旅芝居の小梅座に世話になり、巡業しつつ蝦夷に渡ったのである。

まだお浦姐さんの面影が忘れられない辰之丞は、恋しさに耐えられなかった。北を目指して来たのも、お浦を心頼みにしてのこと。

舞台の合間をみて探し回り、とうとう訪ね当てたのが、昨年のことだった。

四年ぶりに再会したお浦は、弁天町に店を構える、箱館でも有名な海産物問屋の後妻に収まっていた。

もう三十を越していたが相変わらず美しかった。ただこの蝦夷地で苦労したらしく、どこか印象が暗いように感じられた。

「なるほど、昔の女とヨリが戻った事情は分かった」

話を聞いて、幸四郎は頷いた。

「それにしてもお前は懐剣の遣い方が上手《うま》い、芝居のために覚えたか」

「懐剣というより、清国《しんこく》の武術を習ったのです。身体を軽くするためにね」

「ほう、だから腕に自信があるのだな。お浦はそれを知っていよう。お浦に頼まれたか」

「まさか、姐さんは関係ない」

「じゃあ、何故この私を狙った？」

「…………」

幸四郎は仕事柄、岩国屋とは関わりがあるが、その内儀については、美人だという評判を聞いているだけだ。

すれっからしの辰之丞が、ムキになって否定するのを見ると、危険な女に引っ掛かったのか……と案じられないでもない。もしかしたらお浦という女は、食い詰めて自分を頼ってきた腐れ縁の役者を、色仕掛けで利用してはいないか。

だが何のために？

見当もつかないが、岩国屋の名前が浮かんでから、気になることがないでもない。

岩国屋惣右衛門は四十半ばの、まだ精悍《せいかん》な野心家だった。

箱館では新顔だが、石狩《いしかり》の漁場を請負《うけお》い、昆布の養殖にも挑んでいる。昨年の秋、幸四郎は岩国屋に関する新たな噂を耳にした。

惣右衛門は、石狩の請負場周辺を開発して、商いを広げていると。

それを受けて今年初め、惣右衛門を奉行所に呼び、それとなく現況を聞いた。奉行所内に、岩国屋を御用商人に推薦する声があったからである。

だが、夫が奉行所に呼ばれたことで、お浦は何か邪推したとは考えられないか。例えば辰之丞との密通を暴かれたとでも……?

それでお浦は、秘密を握るお掛《かかり》の役人に剣客を差し向け、騒動を起こし、事態をうやむやにしようと考えたか……。

幸四郎はそんな勝手な想像を広げてみたが、当の辰之丞は、再び殻《から》に籠《こも》って黙り込んでしまっている。

「お前、お浦を庇っているようだが、騙されているのでは」

「もしお浦姐さんが悪女なら、あの旦那の殺しを頼みますよ。いっそその方が良かったんだ」

辰之丞は美しい口を歪めて笑った
「あの岩国屋は、見てくれの良い立派な旦那だが、とんでもねえ助平でさ。箱館だけでも妾が三、四人いるし、港町という港町に女がいるそうで、おまけに我が物にした女には、紅《べに》一つ買ってやらねえドケチ野郎だ……。手前は、支倉というお役人の悪逆非道ぶりを聞き、殺す気になったが、どうやら相手を間違えた」

「何だ、その悪逆非道とは」

「もうどうでもいいんでさ。今は早く成敗してもらいたい」

それきり口を閉ざし、もう一言も喋りたくない様子である。この日の取調べはここまでだった。

六

例年より雪の多いこの一月、小出奉行は、新領事ガウルとのくだくだしい折衝に心血を注いでいた。

問題解決のため送り込まれたガウルは、前領事に比べて柔軟で、才気もある人物ではあった。だがワイスの路線には変わりない。

「森村から盗んだ人骨は三体で、臭気がきついため海に捨てた」

その筋書きは変わらず、トロン、ケミス、ホワイトリーのでたらめな白状書を元に、またもあの掛け合いが繰り返されている。

幸四郎は心底うんざりした。

周囲にもそんな空気が流れていた。

しかし小出奉行は何を思うか、白状書の矛盾を一つずつ論理的に突き、信憑性を崩していく姿勢を変えようとはしない。

「埋葬から四年を経て白骨となった骸骨が、臭うはずはない。仮に臭っても、ホワイトリーは剝製《はくせい》作りの専門家であろう、臭気止めの処置を知らぬはずがない……」

という具合である。

それに対しガウルは、頭蓋骨の奥に腐りきっていない部分があったため、領事館で干したが効果がないため捨てた、とのワイスの苦しい弁明で応戦した。

すると小出は、次の矛盾を抉《えぐ》り出してくる。

「領事館員らは何も知らなかったと言い張るが、一方で、盗んだ頭蓋骨が臭うので領事館で干した……などと白状している。この矛盾をどうするのか。特に書記インスリーは無関係を聖書に誓ったが、落部村十三骨は、このインスリー宅に隠されていた。この矛盾をどう説明するのか」

ここまで追い込まれると、敵、味方に笑いが巻き起こった。

「引き継ぎがまだ完了していないので、何とも言えません」

ガウルはそう逃げた。だが英国側の嘘八百を指摘されると、それを認め、ワイスほど鉄面皮《てつめんぴ》に押し通そうとはしなかった。

人柄もあろうが、背後の公使の意を含んでのことだろう。

賢明にもサー・ハリー・パークスは気がついたのだ。

小出奉行は、ワイス段階を飛び越し、幕府を通じてパークスに挑んでいる。やがては女王陛下にまで訴えかねない構えを見せており、そうなっては国の威信を損《そこ》ねた咎《とが》で、この自分の首が飛ぶ、と。

今はガウルを通し、落とし所を探しているようだった。

「……お疑いの骸骨が、ついに詮索が行き届かず、満足できる数が揃わなかった場合、英国人の骨で補ってもよろしいですか」

ガウルはそんな弱気な発言まででした。

すると、小出奉行はきつい冗談で返した。

「トロン、ケミス、ホワイトリーの骸骨なら償《つぐな》いには充分だろう」

事態が膠着状態の時は、無表情になり、内心の苦悩をいっさい見せない小出奉行は、今は楽しんでいるようですらあった。

しかし奉行が改めてトロン外二名を糺《ただ》すことになった時は、幸四郎は正直、逃げ出したかった。またもあの虚しい掛け合いが繰り返される……。

運上所の大広間の、獣肉臭い体臭と香水の入り混じった生暖かい空気が鼻先に甦り、たとえようもない疲労感を覚えた。

その談判が行われるはずの、一月二十二日の朝まだき。

まだ真っ暗な凍てついた空気の中を、一列になって馬を走らせてくる三つの影があった。一行は箱館市中を風のように駆け抜け、五稜郭の裏門を叩いて、白い息を吐きつつ奉行に面会を求めた。

目深《まぶか》に被っていた帽子を取った三人は、領事ガウルとその随員、そして通詞だった。

前夜、内々の申し入れがあったため、幸四郎がそこに待ち受けていた。軽い会釈だけで慌ただしく招《しよう》じ入れ、身につけていた外套と武具を預かり、奥座敷に異人らを案内した。

そこにはカッヘルが音をたてて燃え、椅子が用意されていた。

小出奉行はすぐ現れ、組頭橋本悌蔵が続いて入ってきた。

ここでも早朝の訪問を詫びる言葉と、労《ねぎら》う言葉が、ごく短く交わされただけで、くだくだしいやり取りはない。

両者の間に張りつめた空気が流れていたが、ギヤマンのランプの灯りが、ほんのり空気を和らげている。室内には小出と橋本、異人三人の他は、入り口を警備する幸四郎だけだ。

「実は……今朝は私の一存で参りました。前領事ワイスには何も申しておりませんので、どうかお含みおきを」

そう断ってガウルは、切り出したのだ。

「あの白状書は信用ならぬものと、判断致しました。ついては……これはパークス公使の意向でもありますが、森村の人骨四体を探し集め、すべて返還する所存です。盗掘に関係した者はワイスも含めて、すでに処罰済みであります」

淡々と言ったが、語尾が少し震えた。

「人骨の返還と、当事者処罰については、この私、このガウルが保証致します。ついては、もうこれ以上の談判は、止めにして頂きたいのです」

「…………」

張りつめた空気が揺れた。小出奉行はランプの灯りの中で微かに頷いたが、無言で次の言葉を待つふうである。

「当方は、被害に遭ったアイヌに対し、森村と落部村を合わせて二百五十両の慰謝料を払うこととし、さらに別に諸経費も支払う所存でいます」

「では……」

小出奉行は沈黙を破った。

「トロンらに真相を糺さぬまま、闇に葬るということか」

「いえ、そうではありません。いっさい他言無用を条件として、真相を話す約束をすでに取り付けてあるのです」

「なるほど」

「実は連中は……これはここだけの話にして頂きたいですが……今日またお奉行の談判があると聞いて、震え上がり、もはや錯乱寸前なのです」

「ほう、それは……」

「もう何でも喋るから、お奉行の談判は勘弁してほしいと」

あるかなきかの笑いが小出の顔をよぎった。

幸四郎はそれを見逃さず、自らも不遜《ふそん》ながら笑いをこらえていた。

「では海に捨てた人骨の行方も、いずれはっきりすると考えてよろしいか」

「はい、あの、まことに申し上げにくいですが」

ガウルは少しためらって唇を舐め、声を低めた。

「実は、その……人骨はすでに、英国本土に渡っていると……。つまり博物館に売り払われたと、つい先頃白状致しました。当方はそれをもって、ワイスともども、処罰致した次第なのです」

「なるほど」

奉行は神妙に頷き、微かに息をついた。

ガウルは続けた。

「ご非難もありましょうが、このガウルが、必ず骨をお手元にお返しすると、お約束致します。本国から箱館に帰るまで少し時間がかかりますが、六か月の猶予を頂ければ、大丈夫です」

「貴公の存念、相分かった」

小出奉行は頷いた。少し考えるように沈黙していたが、声を引き締めて続けた。

「厳寒をついての計らい、大儀に存ずる。その誠意に報《むく》いて、申し入れ通り、本日の訊問は取りやめに致そう。いや、今日だけではない、約束が守られる限りにおいて……明日以後ももはや談判はないものと致そう」

「お言葉、さっそくパークス公使に伝えます」

「今日は大儀であった。暗いうちは物騒ゆえ、近くまで警備の者に送らせよう」

「お心遣い感謝致しますが、我らは大丈夫です」

幸四郎は、先ほど通用口で預かったずしりと重い武器が、短銃であることを知っており、小出に向かって頷いてみせた。

「では気をつけて帰られよ」

これにて一件落着……。

その声を、今度こそ幸四郎は耳の奥に聞いたように思う。

返される骨が本物かどうか確かめようもないが、あの頭《ず》の高いイギリス側がここまで譲歩し、完敗を認めたのである。

そこまで追い込んだ小出は、この結果を見通していたのか。談判の駆け引きを、かの生麦事件で身につけたのではないか、などと幸四郎は今更に思った。

両者は立ち上がって、短く、強く、握手というものを交わした。ガウルの目に涙が光っていた。

見送りのため裏の通用口まで出ると、外はまだ明けていないが、地上が仄白《ほのじら》んで浮き上がって見えている。

雪煙を上げて慌ただしく帰って行く一行を急がすように、明け六つの鐘が鳴りだした。

幸四郎はしばし寒い中に佇み、鐘の音を聞いていた。

七

晴れ晴れとして弾むように部屋に戻ると、近習が赤い葡萄酒の入ったギヤマンの盃を用意していた。

「二人ともご苦労であった。これから昼まででも眠っていいぞ。これはよく効く眠り薬だ」

奉行は初めて機嫌のいい笑みを見せ、祝杯を掲げた。カッヘルを囲む形で二人がそれにならった。

「ようやく終わりましたな」

「おめでとうございます」

橋本と幸四郎が口々に言う。

「いや、骨を受け取るまで終わらない」

「しかしお奉行の粘り腰に、さしもの怪物パークスも根負けしたようで」

「パークスが先に負けてくれて良かった、実に良かった……子曰《しいわ》く、過ちを認めざるこれを過ちと謂《い》う、か」

「過ちては則《すなわ》ち改めるに憚《はばか》ることなかれ……」

橋本が受けて盃を干し、小出が笑って注ぎ足した。

早朝でもあり、皆は言葉少なだったが、安堵に満ちた和やかな空気が実に心地良かった。

「ふむ、この酒、初めて美味いな」

小出は盃の中の赤い酒をしげしげと見て、感慨深げに言う。

「私はこれを、淡路守殿に振舞われて初めて呑んだ」

前任の奉行村垣淡路守は、外国奉行も兼任し、日米修好通商条約批准の折には、副使としてアメリカに渡っている。

そのみやげに買って来た上等な葡萄酒を、小出大和守との交替の宴で、皆に振舞ったという。

「向こうではこれを、夫婦で呑むそうだ」

「へえ？　夫婦で酒など呑むのですか」

橋本が珍しげに言う。

「外国ではそういうものらしい。宴会では立ち食いだし、男女が密着して踊るそうで、奉行殿は気分が悪くなったそうだよ」

前奉行の真面目で端正な顔が浮かび、三人はしばし笑ったが、小出奉行がこのような話をするのも、珍しかった。

「ああ、今朝のことはいましばらく公言を控えるように。そう、ワイスが箱館を離れるまでだ」

「心得てござる」

橋本が言い、幸四郎と頷き合う。

「時に支倉、そなたに急ぎ、掛かってほしい一件がある。気になりながら、骨騒動で遅くなってしまった」

小出は、思い出したように言った。

「はい、何なりと」

「他でもない、岩国屋のことだ」

「はっ、岩国屋？」

ギクリとして、幸四郎は身体を固くした。辰之丞とお浦のことは、まだ奉行に報告していないのだ。

「惣右衛門が、石狩で派手に漁場を広げておるそうだな。この正月に浅田屋から報告が入っている。どうやらアイヌを、報酬も払わずにこき使い、巨額の利を得ているというではないか」

「そ、それは……」

寝耳に水だった。

「念のため、橋本に調べてもらったのだが」

「はい、石狩を知る商人に当たってみましたが」

いかつい顔をワインで少し赤らめて、橋本が頷いた。

「岩国屋の横暴は地元では評判だそうですな。アイヌに暴動こそ起きていないが、何かあれば一触即発だと……。支倉、そのほうは何も聞いておらんのか」

「は、当人に一度事情を聞きましたが、まだ今のところは何も……」

しどろもどろになり語尾を濁した。

滑稽にもかれは、岩国屋を御用商人に取り立てるべく、呼び出したのである。だが自分の調べの未熟さを反省する前に、どっと頭に浮かんだことがある。

(奴だ!)

と思い当たったのだ。

岩国屋は幸四郎に呼ばれたことを、御用商人に取り立てるなどと言いつつ、実は石狩の不正を探っていると、深読みしたのではなかろうか。そこで女房の浮気相手の役者を捕らえ、脅して、自分を襲うよう唆《そそのか》したのでは……？

そうであれば、霧が晴れたようにすべてがはっきりする。

「もう石狩には調べの者を派遣したが、幸いなことに、今日は予定が空いた。午後、奉行所に罷り出るよう、岩国屋に申し渡せ。じきじきに糺《ただ》したい」

「はっ、心得ました」

それでお開きになったが、幸四郎は仮眠どころではない。

すぐその足で、辰之丞を留め置いている牢に向かった。

御用商人に取り立てる話を進めていたとは、つくづくお目出たい。先に裏を取って調査しておけば、分かったことだろうに。

奉行には何とか言い繕ったが、これを怪我の功名と言うのだろう。

「実はこのあたしも、悪い男でして。お浦姐さんを探した気持ちに偽りはないが、裏には半ば金ほしさもあったので……」

牢で辰之丞は、そう述懐《じゅっかい》した。

「ところが姐さんは、喜んで迎えてくれ、店の金をどっさり持ち出してきた。昔から惚れた男には気前よく貢《みつ》ぐたちでして。はい、あの旦那とは冷《ひ》えていたんでさ」

辰之丞もお浦にほだされ、一座が去っても、箱館に残った。

だが密通に勘づいた旦那は、手代に女房の後を付けさせ、現場を押さえさせたのである。

出合い茶屋にいるところに踏み込まれ、お浦は引き戻され、辰之丞は縛り上げられて、近くの神社の境内に連れ出された。

「生きて帰れると思うなや、この色男」

「ここで殴り殺せとお達しだ」

手下がさんざん殴る蹴るしているところへ、惣右衛門が乗り込んで来た。かれはしばらく腕を組んで見守っていたが、やがて手下を外に追いやって、言った。

「荒くれどもに、顔だけは殴るな、と言っておいた。密通ぐらいでお前を死なせたくはない。一つだけ助かる道があるが、乗るか」

頷かない者はいないだろう。惣右衛門はしゃがんで縄を解きながら、耳元で囁いた。

「役人を一人消してくれ」

「…………」

「案じるな、悪徳役人だ。法外な賄賂を要求され、困り果てるのはお前ら芝居者も同じだろう。やつらを懲らしめるのは、世のためだ。首尾よくいったら、お浦に十両つけてお前にくれてやる。どうだ、やるか？」

辰之丞は、また頷いた。

悪い話ではないと思った。

「よし、呑み込みのいい奴だ。この役人は千葉剣法の遣い手だが、構えず、いきなり突けば殺《や》れる。やつの葬いが出るまで、お浦は人質として家に閉じ込めておく」

……というわけで、破れかぶれで幸四郎を付け回した。日々の習慣を調べ上げ、刀を帯びていない隙があるのを突きとめて、凶行に及んだという。

聞いて、幸四郎は絶句した。

この辰之丞は、自分が朝の修練の時、刀を身につけていないことを確かめていたのだ。

岩国屋は、辰之丞に支倉幸四郎殺害を命じた件について、頑強に否定した。

だが役人が家を捜索し、女房が座敷牢に監禁されているのを見つけた。岩国屋は不義密通の仕置きだと釈明したが、それは通らなかった。

場所請負の鑑札を剝奪され、岩国屋は箱館の店を畳んで、松前に撤退することになった。

お浦はお叱りを受け、辰之丞は条件つきで放免された。

「お浦は江戸に帰るという。お前はまず無事に送り届けることだ。その任務を終えたら天下ご免の身、どうだ、もう一度蝦夷に戻ってこないか」

幸四郎は真顔で言った。

「ええっ。戻ってまた牢屋に入るんで？」

「入るのは奉行所だ。お前は見どころがあるゆえ、手下にしたい」

「じょ、冗談よしてくださいよ」

辰之丞は笑って首を傾げた。

「奉行所に狙われこそすれ、入るなんざ……」

かれは満更《まんざら》でもなさそうに笑った。

「まあ、捕り物は芝居の中だけにさせておくんなさいよ」

第四話　海吠え

一

二月末の朝、官船箱館丸は江戸に向かって出帆した。

幸四郎は左舷の甲板《かんぱん》に立ち、目の前をゆっくり過ぎて行く箱館の町を眺めていた。空はカラリと晴れ渡り、白いカモメが群れをなして追ってくる。

山麓に階段状に広がる町は、雪がまだらで墨絵のように見え、ところどころに朝餉《あさげ》の煙が上がっていた。

晴れていても陽にはぬくもりがなく、海風はひどく冷たい。吸い込むと、潮の匂いのする冷気が胸の奥まで凍らせるようだ。

この箱館丸は、日本ではかなり早い時期の洋式帆船で、安政四年（一八五八）、高《たか》田屋《だ》造船所の船大工続豊治《つづきとよじ》によって建造された。

豊治は、ペリーの軍艦が入港した時、小舟で漕ぎ寄せその黒船を写生していて奉行所に突き出され、それがきっかけで〝異国船応接方従僕〟に召し抱えられたという逸話の持ち主である。

二本マストで、長さ十八間（約三三メートル）、船体は赤黒白の縞に塗られ、小船が三隻すぐにも下ろせる体制で積まれている。

堅牢で、それまでの船よりはるかに速力が出て、乗っているのが誇らしくなるような優美な船だった。

船が弁天岬を大きく回って、箱館山の側面に差し掛かると、甲板に出ていた見物衆は、どやどやと船室に引き上げていく。

「支倉様、風が冷たいですて、中に入られい」

声をかけてきたのは、囚人見張り役の与力寺尾藤次郎《てらおとうじろう》である。幸四郎より一回り年上の古強者《ふるつわもの》で、頼りにする存在だった。

「ああ、先に入ってくれ、私はもう少しここにいる……」

船は箱館山背後の、切り立った崖に沿うようにゆっくりと廻り込んで行く。海峡に出ると弱風でも、船は揺れ始める。

遠ざかりつつある山を眺めていると、初めて赴任してきた日が思い出され、胸が熱くなった。

わずか一年半前だが、ずいぶん時がたったように思われる。

この最果《さいは》ての島を恐れ、忌み嫌い、折あらば逃げ出そうと考えていた自分は、ただの世間知らずの馬鹿者だったと思う。

今は変わった。流れ者と異人が入り乱れ、新建築の洋館が建ち並び、夏ともなればイカや魚の臭いが漂うこの猥雑《わいざつ》な港町が、好きになり始めている。

この箱館の町を離れるのは、これが初めてだった。

もちろん物見遊山の旅ではなく、江戸までの囚人護送という大役を帯びていた。


幸四郎が〝その男〟を見たのは、節分を過ぎる頃だった。

立春のその日はひどい吹雪で、季節が逆に巡っているような、恨めしい天候だった。

午前、開拓掛下役の根本重蔵が、幸四郎の詰所に顔を出した。

「お忙しそうですね」

「いや、いつものことだ」

幸四郎は広げていた書類から顔を上げ、笑顔で言った。

「実はお手数かけて恐縮ですが……」

根本は、ほころばせた長いしゃくれ顔を引き締めた。

「ちょっと顔改めを願いたいのです」

「ほう。今度は何者だ」

「先ほど村役人が連れてきて、置いて行っちまったんで」

先般、入植者に問題があったため、七飯村の御手作場を改めて調査するべく、村役人を奉行所まで呼び出したのだ。

今朝やって来た役人は、一人の不審者を召し捕らえ護送してきた。開拓地をうろついていた浮浪人で、大して問題はなさそうだが、念のため捕らえて置いて帰ったと言う。

この村役人は、今年の正月、村外れの道を馬で通り掛かった時、馬を下りて地図を広げている男を見かけた。

声をかけると、男は悪びれた様子もなく、自分は箱館から来た行商の者で、八雲村まで行く道を間違えたため、地図で確かめているという。

役人は道を教えてやり、別れたのだが、それから十日ほどたって思わぬ所で再会した。

入植者が逃散して空き家になっている家屋に、調査のため入ったところ、見覚えのある者がそこにいた。あの行商の男なので、不審に思い役場まで連行した。

男は山本《やまもと》某と名乗り、八雲村の帰りに吹雪にあい、当村の知人を頼って来たが、留守なので勝手に入り込み暖を取ったという。

会津《あいづ》出身の浪人で、今は箱館の海産物問屋の荷役をしており、行商もかねて開拓地を回っている。この家には注文品を届けたことがあり、家主の名前や家族構成をよく知っていた。

男は見たところ三十半ばでがっしりしており、肌は赤銅色《しゃくどういろ》、目はぎょろりと大きく唇はぶ厚い。頰髭で隈《くま》どられた肉厚でごつごつした顔の、無骨な印象の割には、人は良さそうだった。話し方も落ち着いていた。

時々奉行所から配られてくる手配書に該当もせず、本人も不法侵入を認めているので問題はなさそうだ。

だが最近は奉行所がうるさいので、念のため引き渡すから改めて御吟味を、というのである。

取調べ室で男を一目見て、幸四郎は内心舌打ちした。

何もわざわざ、奉行所に突き出すような男でもないものを。村役人どもの四角四面の几帳面さは、呆れるほどだ。おかげで雑用ばかりが増え、年柄年中、仕事に追われる羽目になる。

胸でそう毒づいた。

男は、つぎはぎの衣類を何枚も重ね着し、総髪で、無精髭をはやしているが、いわゆる血走った無頼者でもなさそうだ。

肉厚なその顔は、むしろ善良そうで穏やかな表情を湛えている。

原生林の続く奥地で吹雪にあい、行き暮れて知人を頼ったところ留守で、やむなく上がり込んで暖を取った……、こうした厳しい環境では、ごく当たり前の行為ではないか。

軽い同情を抱きつつ、型通り事情を尋ねた。

訊かれるままに男は、山本善助《ぜんすけ》と名乗り、すでに根本から聞いていた話を、訥々《とつとつ》と語った。

「なるほど、それは難儀だったな」

頷いて、調書に記されている海産物問屋の名前を確かめているところへ、杉江が入ってきた。命じておいた〝エンマ帳〟(と皆が呼んでいる帳面)を、文蔵《ふみぐら》から出して来たのだ。

江戸から送られてきた手配書を綴じ、厚紙で表紙をつけたもので、逃亡中のお尋ね者について、その罪状、人相、出身地などが詳しく書かれている。

幸四郎は手に取って、パラパラと目を通した。最後まで見終わったが、該当する者は見当たらない。エンマ帳を下に置いて言った。

「出身は会津だったな」

「はい」

「脱藩したのか」

「いや、父が勘定方の役人で少々不始末があって、家は取り潰《つぶ》しになりました。会津を出て五年になります」

「そうか。だから訛《なま》りがないのだな」

「…………」

幸四郎は、会津藩出身の藩士を何人か知っている。その多くに共通する訛りが、この者にはない。もっともあえて訛りを殺して話す者も多いから、問題になることではない。

だが男の落ち着きが何かしら気になって、再び帳面を手に取った。

今度は一枚ずつゆっくりめくっていき、一枚に目を止めた。

人相は、色黒の肉厚な角顔で、目、口ともに大きく眉は濃い。顎から頬にかけて傷跡あり。中肉中背で、利き手は左……。

目前の男と見比べると、頬髭とがっしりしている点が手配書と違うが、あとは似ているように見える。

その名前は門馬豪助《もんまごうすけ》、三十六歳。

坂本龍馬らと共謀し、倒幕運動を進める過激派浪士。

土佐《とさ》藩から長崎《ながさき》に留学し、伝習所《でんしゆうじよ》で軍艦の操縦を覚え、そのまま脱藩。勝麟太郎《かつりんたろう》（海舟）の神戸海軍操練所の教官助手をつとめる。

元治元年（一八六四）七月、京の〝池田屋騒動〟の後に江戸に現れ、要人暗殺未遂で手配中――。

幸四郎はしばし沈黙していたが、つと立ち上がり、男のそばまで踏み込んで、やおら右手で頬髭をしごき上げた。

男は驚いて、とっさに左手で幸四郎の腕を払った。どうやら利き腕は左である。

「門馬豪助か？」

幸四郎は鋭く言った。

「お人違いです、手前は山本善助です」

男は言った。

だが幸四郎は再び、男の髭をかきわけ、隠されていた傷痕を、杉江と根本に目撃させたのである。

「この傷はどこで受けたものか」

「…………」

男は厚い唇を引き締め無言だったが、一瞬その目が充血した。

幸四郎はザワリと肌が粟立《あわだ》った。取り逃がすところだった。

興奮を隠さず、立ったまま矢継ぎ早の質問を浴びせた。

「何ゆえ箱館くんだりまで来たのか」

「…………」

「ここで何を企んでいたか」

「…………」

今まではどの質問にも訥々と答えていた男は、急に貝のように口を閉ざし、黙秘の態度に転じた。

二

「なに、土佐の門馬が捕まったか」

報告を聞いて、小出奉行は声を荒げた。

「はい、手配書によれば同じ土佐浪士、坂本龍馬なる者に心服しているとあります。坂本とは何者でありますか」

「坂本龍馬を知らぬか」

小出は濃い眉を吊り上げた。

「無理もない。この者は、地位も門閥もない一介の浪士に過ぎぬからな。だが幕府のエンマ帳の、いの一番にその名は載っている」

いささかの慨嘆をこめて、奉行は次のように語った。

奉行は、江戸表から急送されてくる情報を読み、その分析に日々大わらわだが、最近たいそう震撼させられたことがある。

犬猿の仲だった長州《ちょうしゅう》と薩摩《さつま》が、この一月半ばに秘密の会合を持ち、歩み寄りの動きを見せているという。もし両者が同盟を結べば、幕府には大きな脅威となろう。

「それを画策したのが、坂本龍馬だ。かの海軍奉行殿の勝塾に弟子入りし、そなたが蝦夷に来た年に、神戸操練所で塾頭《じゅくとう》に命じられ、二百名の塾生の先頭に立っている」

――ちなみに〝薩長《さっちょう》同盟〟は。

あり得ない、と世に思われていた同盟である。

この二藩は共に過激で自尊心が強く、狂信的なところがある。

片や薩摩は公武合体による無血の改革を唱えれば、長州は武力による倒幕を主張して、相容れない。この両者を説得して協定させるなど、至難のわざとされたのだ。

幕府はその動きに神経を尖らせ、多くの密偵を放っていたから、この周辺は危険な火薬庫のようだった。

そこに飛び込んで仲立ちを買って出た立役者が、坂本龍馬である。

薩摩はイギリス、長州は列強四国と戦って、共に敗《やぶ》れ、鎖国攘夷を唱えることの愚劣さを心底悟った。

そこで龍馬の説得を容《い》れ、この一月二十一日、一条戻橋《いちじょうもどりばし》に近い薩摩藩小松帯刀《こまったてわき》邸で、密約を結んだのである。

密偵の暗躍は徳川家のお家芸だが、よほど巧みに隠したのだろう。それはすぐには探知されなかった。だが両者の親密な動きは幕閣に嗅ぎつけられ、すでに蝦夷くんだりまで届いていた。

そんな話をした後、小出奉行は組頭橋本と幸四郎を従えて、すでにひそひそと情報が飛び交う中、取調べ室に向かった。

当人は相変わらず、お人違いですと言い続けたが、奉行は人相書きと照らし合わせて、門馬豪助と認め、ただちに橋本に報告書を作らせた。

自らは処分を仰ぐ書状を書き、ちょうどこの日、出帆する官船で江戸表に急送したのである。

周辺の調査を命じられた幸四郎は、その日のうちに調べ上げた。

山本善助を名乗る男は、海産物問屋に一年前から奉公し、箱館近郊の開拓村に、干物や海藻などを売り歩いていたという。

さらに裏店《うらだな》の長屋には、自ら作成したらしい箱館以北の精密な地図が、何枚か大事に保管されていた――。

捕縛から一夜開けた翌日の午前、役職との評定《ひょうじょう》の席で、改めて奉行から説明があった。

「昨日、倒幕派の門馬豪助が、七飯村において捕われた。何ゆえ蝦夷くんだりに現れたのか。それは門馬の盟友坂本龍馬が、蝦夷入植を企てていたことに関係があろう」

軽いどよめきが走った。

質問が相次ぎ、幸四郎は、初めて坂本龍馬の抱いていた野望を知ったのである。

龍馬は、京に溢れる脱藩浪士の救済のため、蝦夷に入植させる屯田兵《とんでんへい》計画に意欲を燃やし、かの地の調査を進めていた。

入植は幕府の奨励策でもあったから、この計画は勝海舟、大久保一翁《おおくぼいちおう》らの賛同を得て、老中水野忠精《みずのただきよ》にも届いていた。

龍馬の奔走で軍資金三千両も集まり、輸送には操練所の軍艦黒龍丸《こくりゅうまる》を使う許可も得て、計画は動き出したのである。

入植先は蝦夷西南部とし、人材集めをこの門馬らが担当して希望者を募った。希望者は多く、いよいよ人選に入った六月、京で〝池田《いけだ》屋事件〟が起こった。

三条小橋の池田屋に、倒幕志士が集合し密談中のところへ、新撰組《しんせんぐみ》が襲い、十人近い死者と多くの捕縛者を出した事件である。

新撰組は、この斬り込みで〝京を火の海にする謀略〟を阻止したとし、その勇名を初めて天下に轟かせた。

一方、思わぬ大打撃を受けたのは、その場には居なかった龍馬らである。というのも、新撰組に斬られた闘死者の中に、海軍操練所の塾生で、入植予定者が何人か混じっており、大問題となったのだ。

「幕府の機関が、なぜ倒幕のならず者を飼っていたのか」

責任者の勝海舟は江戸に呼ばれ、そう難詰《なんきつ》されて、詰め腹を切らされた。軍艦奉行の要職を追われ蟄居《ちっきょ》となったのである。

かくて神戸操練所は閉鎖となり、入植計画は挫折してしまった。

それから一か月ほど後、坂本龍馬は外国船借用の工作のため江戸に潜行したが、門馬豪助もまた共に江戸入りしたらしい。

龍馬は工作に失敗し、半年ばかり消息を断った後、長崎に現れて海援隊《かいえんたい》を組織する。

だが門馬は長崎には行かず、その後の動きは不明とされていた。

三

奉行はそんな説明を終えてから、坂本龍馬が最近、宿泊中の伏見寺田屋《ふしみてらだ》で襲撃を受け、深手を負ったことをつけ加えた。

どうやらそれは、薩長同盟が結ばれた日の深夜のことで、襲ったのは京都見廻り組だったという。

風雲急を告げる京の血腥《なまぐさ》い様相に、聞き入る者は言葉もなかった。

「……坂本は結局、助かったのですか？」

誰かが訊いた。

「いや、その後のことは、まだ分かっておらぬ。あるいは門馬が蝦夷に現れたことが、坂本の逃亡と何らかの関係があるやも知れず、そこが最も注意を要する点である」

「門馬は江戸に現れたそうですが、要人暗殺未遂とは、この時のことですか」

と訊いたのは幸四郎である。

「ああ、説明が遅れた。門馬は小栗上野介《おぐりこうずけのすけ》殿の前に現れた」

小栗様が……とどよめきが上がった。

小栗上野介忠順《ただまさ》は、勝海舟の後釜として軍艦奉行になった人物で、強固な保守派だった。

幕府の権力回復のためには、外国の力を借りるもやむなしとし、フランスと結んで、最新式の武器を大量に買い入れている。

「門馬には、小栗殿に会って糺さねばならぬ用があった」

奉行が続けた。

「小栗殿は、武器調達の金を得るため、蝦夷ヵ島を担保にしてもいい、と言い放っている。一時は、蝦夷売却の噂まで流れたようだ」

「売られちゃ困る！」

「蝦夷がフランス領になったら、わしらどうする！」

そんな声が上がって、皆の間に苦笑が広がった。

「門馬は、その蝦夷売却の噂の真偽を糺そうと、小栗邸前に立ったらしい。小栗殿には面識があったようだが、不審者として捕縛されそうになり、逃げる時に顔を斬られた。その後、門馬は小栗殿暗殺未遂の科《とが》で手配されたと聞く」

「刀は抜いておらぬのに、ですか」

誰かが訊く。

「そういうことだ」

「もう一つお訊きしたきことがあります」

幸四郎が訊いた。

「なぜ軍艦奉行殿は、操練所に倒幕の士を入れたのですか」

「ふむ、いかにももっともな質問だが」

小出は神妙に頷いた。

「私が揣摩憶測《しまおくそく》するのは、畏れ多い。ただ何度か会い申した限りでは、軍艦奉行殿は、官吏にしては恐ろしく先見性のあるお方だった。遠くを見るあまり、〝徳川《とくせん》か反徳川か〟など、目に入っていなかったのではないか」

四

江戸から沙汰が届くまで、門馬は奉行所内の牢に留め置かれることになった。

取調べは、別の老練な調役が担当したが、門馬は黙して何も語らず、といって凜《りん》としているでもない。ただ呆然としている姿に調役は苛立ったが、小出は拷問などをかたく禁じた。

「門馬は国事犯として、江戸送りになる可能性が高い。であれば、囚人を保護し無事に送り届けるのが奉行所の使命。余計な介入で不測の事態を招いてはならぬ。今は下調べに徹し、丁重に扱え。攘夷派などの襲撃には、充分に備えよ」

というのである。

囚人の身の安全を第一とする方針を、幸四郎はもっともと考えた。

小栗一派や、攘夷派の強行なやり方は、蝦夷にも届いている。

小出奉行が少なくともその路線ではないことに、幸四郎は安堵していた。同じ幕臣でも、開国か攘夷か、外国に頼るか独立路線でいくか、その対立は激しく、憎悪に近いものがあったのだ。

門馬には、一抹《いちまつ》の同情を覚えた。

牢は長期滞在向きには出来ておらず、吟味の間、罪人を収容しておくためだから、暖房設備などはひどく手薄だった。

幸四郎は朝夕に牢を覗き、薪をふんだんに焚かせたし、暖かい綿入れなども差し入れた。

そのごつい手指がシモヤケで腫れているのを見て、磯六に薬を作らせ、差し入れするのも忘れなかった。江戸でよく作ってくれたシモヤケ薬〝当帰四逆加呉茱萸生姜湯《とうきしぎゃくかごしゅゆしょうきょうとう》〟は、患部の血の巡りを促進し、炎症を抑え皮膚を再生すると聞いている。

――ちなみにシモヤケは。

江戸の冬で最も多い疾患は、重度のアカギレだったそうだ。脂肪の少ない食事と水仕事が原因で、水をよく使う奉公人に多く、大変な苦しみだったという。

蝦夷での最もポピュラーな疾患はたぶん、シモヤケではなかったか。その原因は温度差にあるそうで、外気の気化熱が肌の温度を奪い、血行不良にするらしい。

北海道の冬は、室内と室外の温度差が激しい。室内は暖房で暑いほどだが、外は零下の寒さである。雪遊びが楽しく、出ずっぱりでいると、雪の冷たさが手足の熱を奪う。

小学二年まで小樽《おたる》で過ごした筆者は、冬ごとに、手足をシモヤケで腫《は》らしていた。指は真っ赤に腫れ上がって痛痒く、崩れると膿《うみ》が出て、指同士がまるで納豆《なっとう》のように糸を引いて粘るのだ。

だが包帯で両手をぐるぐる巻きにされるほどのシモヤケは、函館《はこだて》に転居してからは経験したことがない。

門馬は、礼ひとつ言わない。

いつ行ってもつくねんと座して、何やら瞑想しているふうである。

牢役人の話では、早朝の見回りにはすでに起きて、呆然としているという。食事は平らげるが、何を思っているのか、まるで口を利かないのだと。

「百戦錬磨の倒幕浪士も、毒気を抜かれればただの男よ」

などと牢役人に罵《ののし》られても、無言で聞き流している。

気落ちしたのだろう、ひどく生気のない顔をしており、囚人になるとはこういうことか、と幸四郎は思わされた。

江戸から船で急便が届いたのは、二月も半ばを過ぎた頃である。

「ただちに江戸まで護送せよ」

その幕命を得て、小出奉行は幸四郎を呼んだ。

「支倉、その方に、江戸への護送を申しつける。ただちに準備し、三日後の箱館丸の出帆に間に合わせよ」

五

巴湾を出ると、海の色が濃さを増してくる。

海原は絶えずうねっており、大きく盛り上がり沈んで行く波濤《はとう》の下は底知れず、深く碧黒く見える。

海面を見ていると気持ちが悪くなりそうだったが、幸四郎はなお寒い甲板に立ち尽くした。

去りつつある箱館山を眺めながら、この夏、山に薬草取りに入った磯六が、三角頭の小蛇に噛まれかけたという話を思い出していた。手拭いを放って噛ませ、噛みついたところを手拭いごと地面に叩きつけて毒歯を抜いたと。

海側から見える南面は、蝮《まむし》の巣窟なのである。珍しい草花が豊かに咲く山だが、深入りすると恐ろしい目に遭う。

そんなことをぼんやり思い出していると、甲板のどこかで、バタバタと走って行く乱れた足音が聞こえた。

大きな声もして、我に返った。

振り返ると、背後に慌ただしい足音が近づいてくる。与力で囚人見張り役の寺尾で、その背後に何人かの役人が続いた。

「支倉様、大変なことが……」

寺尾は殺気立っており、声を途切らせた。

「何事だ」

「門馬がおらんです！」

「なに？　そんな馬鹿な」

幸四郎は言った。

「少し前に見回った時、船牢にいたではないか」

端座《たんざ》する囚人の姿を、寺尾ら数人と確かめたばかりだ。

頑丈な格子扉には錠がおりていたし、囚人は鎖で鉄玉を足に括り付けられて動きがとれず、逃亡など到底不可能だった。

「鍵は、そなたが持っていたな」

「いえ、船では万一の事故に備え、鍵は番小屋に預けました」

「足枷《あしかせ》は？」

「鉄玉は外れておって……」

「船内に協力者がいる」

言って、幸四郎は走りだしていた。先ほど甲板を走って行った足音が、頭を掠めたのだ。

全員が後について走りだす。

一つの鮮烈な思いが襲いかかった。

船中で牢を破ったら、逃げ場は海しかない。

万が一、囚人が海に飛び込んで死亡する事態になれば、自分は腹を切って詫びなくてはならぬ……。

今まで山を眺めて想いに浸っていた自分のゆるんだ心の隙間を、閻魔《えんま》大王から見透かされたようだ。

舳先《へさき》まで走ると、思いがけない光景が飛び込んで来た。

舳先の先端に追い詰められているのは、意外にも門馬ではなかった。一人の若い男が、まだ桃割れに結った十三、四の娘を左腕に抱え込み、首に匕首《あいくち》を突きつけているのだった。

幸四郎はギョッとした。

それは、役替えで江戸に帰る組頭並の内村竹蔵《うちむらたけぞう》の娘ではないか。

船が出帆した時、用人や女中らに守られながら甲板に出て歓声を上げる、着膨れた愛らしい姿を見ている。

内村自身は、引き継ぎなどでまだ箱館に残っており、よろしく頼むと幸四郎はじきじきに挨拶を受けていた。

皆は昨夜のうちに乗船しており、その家族にはすでに挨拶をすませ、磯六特製の酔い止め薬〝黄練解毒湯《おうれんげどくとう》〟を、早いうちに呑んでおくようにと差し入れたのだ。

奥方は船室に引きこもっているらしく、姿を見せていない。

「寄るな、一歩でも寄ると、娘を道連れに飛び込むぞ！」

若い男は、大声で喚《わめ》いていた。

赤銅色に日焼けし、ずんぐりした頑丈そうな身体に、白い筒袖《つつそで》と綿入れを着込み、襷がけで、どうやら水夫のように見える。

人質にされている娘は、真っ青な顔をしているが、武士の娘らしく叫び声一つ上げない。金きり声を上げているのは、こちら側でやきもきしている女中らだった。

驚いたことに、男の足下にはすでに少年水夫が倒れている。

寺尾配下の役人と水夫らが、近くまで追い詰め、棒や縄を手に身構えている。だが刃が娘の首に触れているため、誰もが動けないでいた。男に手を出せば血を見ることになる、男を投げ縄で捕縛は出来るが、娘に害が及ばないとは保証出来ない。

「何してやがんでェ、この出来損ないの洟《はな》垂れ野郎が！」

頭《かしら》とおぼしき毛むくじゃらの大男が、怒鳴った。潮風に鍛えられた、破れ鐘《わ》のような声だった。

「馬鹿な真似はやめれ。今ならわしが謝ってやるで、早うその娘さんを放せ、とっと配置につくんだ」

「水夫長《おやじ》、小船を一隻、下ろしてつかわせ」

「気でも狂っただか、海峡のド真ん中で、氷浸けになりてえってか」

「わしは水夫じゃ、船にゃ自信がある。娘と、門馬先生と、わしを小船に乗せて下ろしてつかわせ」

「てめえ、悪いクスリでも呑んだんでねェか」

どよめきが起こって、次々と声が飛んだ。

「トクゾー、目ェさませ」

「小船でどこさ行く気だ、死ぬぞ！」

「トチ狂ってねえで、犬に餌やれや」

するとトクゾーと呼ばれた男は、上ずった声で言い返した。

「犬は頼んだぞ」

「いや、おらは頼まれねえ」

「生きて帰ることはねえんだ。ただし、死ぬのは先生をお救い申してからじゃ」

幸四郎には、ようやく呑み込めてきた。

最初はトクゾーが娘に横恋慕して、連れ去ろうとしていると考えたが、門馬の名前が出て、そうではないと悟った。門馬を救うため、娘を人質にしたのだ。

幸四郎はトクゾーを説得するため、前に進み出ようとした。

こんな狼藉に加えて、内村の娘に何かあっては、面目ないではすまされない。人質には自分がなる。そう言おうとした幸四郎の口を、横から誰かの手が塞いだ。

「うっ……」

横を見て、目をむいた。

門馬ではないか。横の通路からふらりと現れ、黙っていろ、とばかり睨みつけてくる。思わず沈黙すると、やおら門馬は前に進み出た。

「トクゾー、わしは断る」

見かけによらぬドスの利いた声だった。役人らは振り返って、凍りついた。護送中の囚人がここにいるのだ。

「夏でも、海峡を小船で渡りきった話は聞いたことがねえ」

門馬は落ち着いて言った。

トクゾーの、真っ青に歪んだ顔に、脂汗《あぶらあせ》が光っていた。

「先生、江戸に行けば殺されるだけじゃ」

「それは覚悟だが、凍死は勘弁してくれ」

「わしはこの辺りの海は詳しいで、黙ってついてきなせえ」

するとと門馬は言った。

「分かった、行こう、だがお嬢さんを放して行け」

「陸に着いたら、放す」

「今、放せ」

あの情けない門馬が、カッと目を見開き、相手を見据えている。

「そりゃ駄目じゃ、先生、放したらこっちが危ねえ」

「わしがおる。お役人様は、わしを殺しはなさらんよ。わしの口を割らせるために、わざわざ江戸までお届けくださる最中だ。ここで自分が死んだら、お役人様の首が飛ぶ、それだけではない。坂本龍馬がわしに預けた開拓資金三千両と、幕府内の倒幕派名簿が行方不明になるのだ」

シンと辺りが静まった。

風が出てきて、帆がバタバタとはためいた。

幸四郎は喉がからからに乾いていた。

今まで、だんまりを決め込んでいたこの門馬は、急に饒舌《じょうぜつ》になって、こちらにカマをかけてきている。三千両……名簿……？

相手に何を伝えようとしているのだ。

幸四郎には事情は読めていた。

どうやらトクゾーは、この船の下級水夫であり、何らかの事情で門馬を助け出そうとこの脱出行を企んだ。

かれは、牢の鍵と足枷の鍵を盗み出し、皆が景色を見るために甲板に出た隙に、船牢に入り込み門馬を解き放った。

船内をよく知るかれは、誰にも会わぬ通路を辿って、密かに甲板に出た。物陰に門馬を隠し、少年水夫に手伝わせて、小船を下ろそうとしていたところを、かの水夫長に見咎められた。

少年を人質にしてこの辺りまで逃げ、少年が抵抗したのでとっさに近くにいた内村の娘を腕に捕らえて、小船を下ろすよう要求したのだ。

おそらく事前の打ち合わせなどなく、門馬にとっては予定外の救出劇だったろう。だが門馬は、海上に逃げるのを拒んだ。海を知るかれは、この季節、海峡を小船でさまようのは危険と見たのだ。

思わぬ展開となり、トクゾーは絶望と興奮のあまり、人質を引きずり込んで、このまま海に飛び込みかねない勢いである。

「ダメじゃ、先生、娘が一緒でなきゃ危ねえ」

「ならばわしは乗らぬ」

「先生、逃げてくれ」

「おぬしにこそ逃げてもらいたい、預かってほしい物があるのだ。これさえ無事なら、わしは死んでも構わん。これを持ってお嬢さんと一緒に船に乗れ、必ず無事にお返し申せよ」

言うや、懐から出した小さな物をこれみよがしに振ってみせ、やおら放った。

その迫力に圧倒されてか、トクゾーは思わず娘を抱えていた左腕を放し、それを受けた。

その瞬間、轟音が轟いた。

腕が離れた一瞬、娘はとっさに逃げ、トクゾーを守る盾《たて》がなくなった。前がガラ空きとなったその瞬間を逃さず、幸四郎の狙い定めた短銃が火を噴いたのである。

六

その短銃は、出発前、ハワードから贈られたものだった。

江戸行きを伝え聞いて駆けつけて来て、江戸は物騒で何があるか分からない、万一の時はこれが役に立つ、護身のため肌身離さず持っておれと渡された。

撃ち方も即席で教わり、何度か練習したが、もちろん命中させる腕ではない。だがもし船中で襲われることがあれば、刀を振り回せないからと、懐に入れて持ち歩いていた。脅しのために、門馬にも見せていたのである。

まさかこんなに早く役立つとは、思いもしなかった
弾は命中しなかったが、肩をかすった。

その衝撃でトクゾーが、海側に倒れなくて幸いだった。崩れるようにしゃがみ込んだところを、与力ら牢役人の縄が飛び、その場で取り押さえられたのである。

幸四郎はトクゾーに船医の応急手当を受けさせ、最初の寄港地の大澗《おおま》で、役人を一人つけて下ろした。

次の船で箱館に戻され、奉行所で吟味を受けることになろう。

大澗を出帆した箱館丸は、下北《しもきた》半島を回り、風もあまりない穏やかな海原を、陸《りく》中《ちゅう》海岸に沿って南下して行った。


「あれは、シモヤケ薬の箱だったな」

暗い船牢に戻された門馬に、幸四郎は語りかけた。

トクゾーに放った物はシモヤケの薬箱で、中には膏薬が入っていた。磯六が牢内に

割れ物はまずかろうと、赤い紙箱に入れてよこしたもので、江戸の家族から送られた干菓子《ひがし》の箱である。

門馬の手にあるのがその箱だと気づいた時、幸四郎はトクゾーを誘導する門馬の企みに気がついた。門馬の出方によっては、トクゾーは、娘を抱えて海に飛び込むかもしれぬ瀬戸際である。

門馬の機転、胆力に、救われたのだ。

「……あの時身につけておったのは、アレだけだったでな」

門馬は表情を変えずに答えた。

「何ゆえ、トクゾーと一緒に逃げなかった」

「逃げたいのは山々だが、海については多少知っている。トクゾーも承知していようが……津軽海峡は海流が速く、難しい海なのだ」

「知っていたのか」

「当然だ。午前と午後では、海流の流れる方向が違う。それを間違えればとても助からん。それでも二人だけなら、死ぬつもりで逃げただろう……が、あの娘さんを巻き込むことは出来ぬ」

「トクゾーは、どこへ逃げるつもりだったと思うか」

「あの時間であれば、潮に乗れば、汐首岬《しおくびみさき》あたりに漕ぎ寄せられるかもしれん」

「トクゾーとはどういう関係か」

「……摂津《せっつ》にいた頃だが、蝦夷の入植計画が持ち上がった。入植者を募集したところ、真っ先に応募してきたのが同じ土佐《とさ》のトクゾーだった」

淡々と、門馬は答えた。

「その計画は、まだ続いているのか？」

「いや、池田屋事件で中止になった。あいつには海軍操練所で、ある程度、船のことを教えたから、それが役立って箱館丸に乗れたのだろう」

「では、軍資金云々《うんぬん》の話は……」

言いかけると、門馬の青ざめた顔に微かな表情が浮かんだ。

「そんなものはない」

「でまかせか」

「いや、坂本が大名に寄付を募って金を集めた。その三千両は入植資金になるはずだったが、長崎で亀山社中《かめやましやちゆう》を立ち上げた時に使われただろう」

「なるほど」

門馬の言い分は信じていいように思った。

「幕閣内の〝倒幕派名簿〟は本当か？」

「ははは、そんなものがあるはずはない。トクゾーを信用させるために、とっさに考えたことだ」

「ふーむ、そうか」

幸四郎は唸った。

「そなたのおかげで、私の首はつながったのだ。しかしトクゾーが、あれを受け取らなかったらどうなったかな」

「やつは朴訥《ぼくとつ》な男だから、受け取ることに賭けた」

門馬はまた沈黙の行《ぎよう》に入った。

吟味以外で話しかけても、答えようとしない。汚穢《おわい》臭のこもる船牢に押し込められては、物を言う気力も失せたかもしれない。

事件があってから、囚人監視はいっそう厳しくなった。

代々徳川の禄《ろく》を食《は》む旗本の家に生まれ育った幸四郎は、これまで倒幕など考えたことがないし、それを主張する人々と話す機会はさらになかった。

だからこの門馬とは話したいこと、訊きたいことが山ほどある。

門馬は、幕府を倒さなければならぬ存在と信じているし、いずれ潰《つぶ》れると思っているだろう。

おそらく勝海舟も、弟子の坂本龍馬も、そう思っているはずだ。もし幕藩体制が崩れたら、大量の浪人がこの日本に溢れ返るし、大乱があればますます無産者が増えるのは目に見えている。

蝦夷地入植は、そうした人々の救済になると考えた龍馬のことを、もっと聞きたい。この気宇壮大な人物に、主義主張を越えて、幸四郎は興味を覚えていた。

門馬が蝦夷に来たのは、その計画の遂行のためではないのか。

幕臣の立場を越えて、それを訊きたい。

しかし門馬は口を閉ざし、融和を拒んでいる。何も語る気はなさそうだ。すべては腹の底に収めて、あの世まで持って行こうとしているように見える。

七

恵みの晴天は、長く続きはしなかった。

四日め、前夜から水平線上に沸き出した凶悪な黒雲が空を覆い、朝から強い北西の風が吹きすさんだ。

垂れ込めた空からは霧が渦巻き始め、海は荒れていた。

近年にない大嵐になりそうだ、との不安情報が流れ、船内に動揺が走った。晴天の凪《なぎ》の海でさえ、船酔いして寝込む人が多かったのである。

船は三陸沖《さんりくおき》を南下しつつあり、間もなく金華山沖《きんかざんおき》に差し掛かろうとしていた。石巻《いしのまき》辺りの港に避難するか、このまま突っ切るかで揉めたようだが、結局、避難することになった。だがその時には、西風が強くなって船は流されていた。

夕刻、灰色に混濁した空から、みぞれ混じりの雨が横殴りに降りだした。海は大荒れとなり、船は左右に大きく揺れ始める。

乗船して初めての暴風雨に、船内は凄惨《せいさん》をきわめた。

船室にも通路にも吊り紐が垂れていて、船が大きく揺れると、乗客ばかりでなく水夫らもそれにしがみつき、必死にナンマイダ……と念仏を唱えた。

船酔いで嘔吐《おうと》する者が続出し、阿鼻叫喚《あびきようかん》の中を、頑健な者が介護に走り回った。

幸四郎も吐き気に苦しめられたが、安閑《あんかん》と寝てもいられない。

水夫長を呼ぶと、あの毛むくじゃらの荒くれ男がやって来た。

「大丈夫でさァ、旦那。この船は新式だで、これしきの嵐じゃビクともせんよ。そのように出来ておるです」

「しかし、あれは何の音だ」

周囲にはゴウゴウと海の吠える音が渦巻いていたが、それに混じって、ギイ、ギイ、ミシリミシリ……と船の軋《きし》む音がする。

それだけではない。ドドドドッ……という得体《えたい》の知れない音、カンカンカン……と点呼に使う鐘の音などが、あちらこちらから聞こえてきて、それらは船の悲鳴のように聞こえるのだ。

遠くでは、男たちの怒鳴り合う声が飛び交っている。

「いんや、時化《しけ》に遭えばこんなもんだで、気にせんでくだせえ」

「嵐はいつまで続く」

「なに、一晩でさ。酒でもかっ食らって寝ちまうこってす」

はっはっは……と笑い声を残して、水夫長は船室を出ていった。

幸四郎は吐き気をこらえて立ち上がり、揺れる通路を歩いて、内村の家族を見舞った。

付き添いの用人を呼び出して様子を訊くと、奥方と娘二人、それに乳母《うば》らしい女中ら全員が船酔いで倒れ、真っ暗な船室に一固まりになって紐にしがみついているという。

　幸四郎は、船は大丈夫だから心配には及ばない、という水夫長の言葉を伝えてもらう。

　さらに船底に下って門馬の様子も見たが、長崎の伝習所や神戸操練所で鍛えただけあって、酔止め薬は必要ないと言う。

　その足で船頭（船長）の部屋に顔を出してみると、船は最寄りの港に向かっているのだが、風に流されて行き着かないらしい。

　この辺りの海域は、千島《ちしま》列島に沿って南下してくる親潮《おやしお》（寒流）と、東シナ海を北上してくる黒潮《くろしお》（暖流）が出合い、東に流れていく合流点になるため、潮が栄養に富み、様々な種類の魚がとれる豊かな漁場だった。

　漁に出る漁船も多く、雨や霧で見通しが悪くなると、座礁《ざしょう》や、商船と衝突する海難事故が後を断たないとも言う。

　だが心配はないと船頭は言った。

　初代奉行堀織部《ほりおりべ》が江戸に帰る時、処女航海のこの船に乗ったが、時化に遭いつつも無事にお役をつとめ、その堅牢さは奉行お墨付きなのだと胸を張る。

　それで幾らかは安心して船室に戻ったが、嵐は収まる気配もなかった。

船内を水夫らが走り回る音、人を呼ぶ鋭い声、咆哮《ほうこう》する海の音、ギシリギシリと船の軋む音……。暗い中でそれを聞いていると、生きた心地もしない。

床より一段高い畳に布団を敷いてあるが、床にはどこかから水が入って来ていて、船の揺れにピチャピチャと嫌な音をたてる。とても眠れるものではない。

夜半になって、浮き腹巻（浮き輪）が配られた。船は大丈夫だが、万一の際は、これを腹に巻いて離さぬようにせよという。

もし小船で避難する時は婦女子を優先する、とも言いに来た。

（避難だと？　この荒れた海のどこに？）

そんな思いで頬が引きつり、腹の底が冷えた。

水練には自信があり、甲冑《かっちゅう》を身に着けても泳げる泳法も学んでいる。だがその泳法を実践したことも、海で泳いだこともないのだ。

立つのも辛《つら》かった。

だが幸四郎は革製の外套を羽織り、よろめきながら再び船室を出た。細い通路は真っ暗で、潮の匂いがたちこめている。床にはどこからか海水が入り込んで水浸しだった。

通路の突き当たりの昇降階段の入り口に、ぼんやりと常備灯が灯っている、その明かりを頼りに、揺れて滑る通路を歩きだす。

あちこちに下げられている吊り紐に摑まらなくては、とてもまっすぐは歩けないが、それでも何とか階段に辿り着いた。

牢と番小屋はこの下階に、食料庫や倉庫などと並んでいる。

急階段は上と下に向かっており、下を見ると、下の階の床が見え、さらにその下の船底に下りる梯子《はしご》が、闇の中に穴蔵のようにぼんやりと見えている。

何度か滑り落ちそうになりながら、急階段を下った。そこもまたびしょびしょで、牢番所には海水と汚水の混じったような悪臭が漂っていた。

幸四郎は中を覗いて命じた。

「牢の鍵を外しておけ、足枷の鍵もだ」

「え、何と申されました？」

番役人は、船酔いで息も絶え絶えに聞き返した。もう一度、大声で言うと顔色を変えた。

「そ、それは、寺尾様に伺いませんと……」

牢役人は、若い幸四郎より、年上で経験豊かな寺尾の方を信頼しているのだった。

「万一の事態になれば、囚人は船と共に沈んでしまう」

そう言っているところへ与力の寺尾が、ふらふらしながら駆けつけてきた。

「大丈夫ですか」

「今は大丈夫だが、この先どうなるかは分からん」

「この船は沈みませんよ」

「……かどうか保証はない。念のため牢の鍵を外しておけ」

「それはいかんです」

寺尾も慌てたようだ。

「危険であります。仮に船が沈むようであれば、手前どもも助かりませんから同じことですよ。しかし船が無事で、囚人が不測の事態を引き起こすようなことがあっては
……」

「そのような事態がなきよう、よく見張ればいい。嵐が収まりかけたら、元に戻せ」

「門馬は船にも海にも馴れています。ぎりぎりまで様子を見てはいかがですか」

年配の寺尾は、たしなめるように言った。

「しかし、緊急事態になってからでは、自分が逃げるので精一杯だ」

(何か起きれば一瞬だろう、その時に、牢役人は囚人を解放することが出来るだろうか)

幸四郎はそれを案じた。小出奉行は〝江戸まで無事に送り届けることが使命だ〟と申されていた。

それにこの揺れの中で、いたずらに船に繋いでいては、恐怖で気が変になろう。

「囚人を生きて江戸に送り届けること、それがわれらの使命だ。万一の場合、囚人が船に繋がれたまま沈んだとなれば、使命は全うされなかったことになる」

「………」

「責任は私が取る。嵐がさらにひどくなるようであれば、見張りは私が交替する。嵐が収まるまで、鍵を外してやれ」

「はっ」

寺尾は畏《かしこ》まり、すぐそばの牢の扉を開いた。

門馬はさすがに紐にしがみついていたが、寺尾が入って行くと無言で座り直した。

「いいか、嵐の間だけ鍵は開けておくが、指示がない限り、ここを離れるな」

言い含める寺尾の声を後に、幸四郎は急階段を上がり始めた。

ここにいると、押し潰されるように息苦しく、むかむかと吐き気がこみ上げてくる。

一刻も早く離れ、無性《むしょう》に外の清新な空気を吸いたかった。

もちろん、今は外気を吸うことなど不可能だ。だが無性に不安に駆られ、避難経路を確認しておこうと思った。

上の階から、さらにその上に上がろうとすると、頭上から冷たい水が降ってくる。頭から海水をかぶり、すでに頭髪はびしょ濡れで、外套を水が伝っていた。

暗い頭上を見やって、もしかしたら……と直感した。

(上の防水扉が開いているのではないか?)

八

階段の上は踊り場で、そこに甲板に通じる扉があるはずだ。

それが破れれば、雨や海水が大量に流れ込むだろう。他の複数の扉が破れれば、船は危険に瀕することになる。

幸四郎は急階段をさらに上がった。

上に行くほど揺れ幅も大きく、明かりはなかった。バタッバタッと音が聞こえ、ザザッザザ……と降ってくる水も多くなる。

強風と大揺れで鍵が壊れ、閉じているはずの扉が開いている。

そう判断した幸四郎は、ひたすらな手探りで、今度は階段を下り始めた。誰かに知らせなくては、と動悸《どうき》が激しくなった。

しかしあまりに急いでいたため、大きな揺れで足を踏み外し、幸四郎の右足は突然空に浮いた。

「ワッ」

思わず叫び声を発した。階段を踏み外し、下の階に転がり落ちてしたたかに腰を打ったのである。そこで止まらずに、揺れるまま床を身体が滑ってしまい、下に通じる昇降口の床の手摺りにかろうじて手を掛けた。

両手で摑まったものの、揺れで下半身がずり落ち、もがくうち宙にぶら下がる格好になった。足下には下の階の床と、船底に通じる穴蔵が暗い口を開けている。

なに、たいしたことはない。下の床は見えていて、飛び降りられる距離だ……が忌々《いまいま》しいことに、揺れのため着地点が定まらない。迂闊《うかつ》に手を放すと、さらにその下まで滑り落ちかねなかった。

舌打ちしながら、叫んでいた。

「誰か！」

一度声を出すと、思わず次の声が出てしまう。

「誰か来てくれ、助けてくれ……」

だが嵐の音にかき消され、誰にも届きそうにない。

腕の力だけで上に這い上がるのは難しい。宙ぶらりんでしがみついていると、手はかじかみ、気が遠くなりそうだ。

一《いち》か八《ばち》か、下に飛び下りるしかない。

そう覚悟して狙い定めた時、誰かの手が幸四郎の手を捉えた。

「飛ぶな、危ないぞ」

ハッとして上を仰いだ。暗くて顔は見えないが、その声は門馬に違いない。やはり逃げたのか。

「なぜこんな所に？」

「いいか、わしの手に摑まれ」

幸四郎の思惑をよそに、門馬は押し殺した声で言い、利き腕の左手を差し出した。

「何故ここにおる？」

「そんなことより早く摑まれ。落ちるより上がる方が安全だ」

その通りだ。幸四郎はもはやためらわず、気合いをこめて、門馬の節くれだった手にすがった。

「わしは力が落ちている、しっかり摑まれよ、それっ」

右手を強く引かれたのと、足で宙を蹴ったのが同時だった。這い上がった瞬間大きな揺れが来て、門馬は尻餅をつき、幸四郎も濡れた冷たい床に仰向けに転がった。驚いたことに、門馬は手回しよく荒縄を身体に巻き付け、その端を吊り紐に縛りつけていた。おかげで、再び滑り落ちることはなかった。

荒い息が収まる頃、門馬が言った。

「あの番人は駄目だな。船酔いでへばって、わしがそばを通っても気がつかなかった」

「……そうか」

大きく息を吐いた時、なぜか分からぬ笑いがこみ上げて来て、二人はほとんど同時に声を上げて笑いだした。

明け方から、風が薙《な》いだ。

まだ波は高く、船は揺れていたが、海鳴りも咆哮も収まった。

とうとう一睡も出来なかった幸四郎は、水夫らと一緒に甲板に出てみた。

中天はまだ深い紺色だが、水平線とおぼしき辺りは藍色で薄すらと赤く染まり、水の底にいるような仄暗い夜明けだった。

船は金華山沖から流されていたが、すぐに遅れを取り戻した。

鹿島灘《かしまなだ》にさしかかると、空気が急に柔らいだ。

それはもはや北国の空気ではない。柔らかくほんのり暖かく甘い香りのする〝春〟が、肌に感じられた。

懐かしい内地の空気だった。

「江戸はもうすぐ……」

そんな声が飛び交うと、船内はにわかに活気づいた。

門馬は、また牢内に端座している。

かれの弁明によれば、あの時、助けを求める幸四郎の声を聞いて、牢を飛び出したという。しかし、牢役人にはその声は届いておらず、門馬の迅速過ぎる行動には、不審を唱える者もいた。

「やはり逃げる気だったのだろう」

寺尾の疑わしげな声に、門馬は笑って首を振った。

「脱出経路を確認するのは、船に身を預ける者の基本である。逃げると助かるは、別のことだ。この自分は逃げる気はないが、助からなければならない。そうでなければ、支倉殿がお困りだろう」

「なるほど」

　さすがの寺尾も頷いた。

　幸四郎も、それは信じるに足る言い分だと思った。門馬は、鍵をめぐる幸四郎と番人のやりとりを聞いていたのである。

　やがて房州《ぼうしゅう》の低い山々が見えてきた頃、幸四郎はまた牢に出向いて言った。

「江戸はもうすぐだが、何か私に言い残すことはないか」

「…………」

　門馬は腕組みし、何か考えていたが静かに言った。

「特にない」

「遠慮するな、私は貴殿に借りがある」

　門馬は頬を和らげて、無言で幸四郎を見返した。

「おあいこだろう」

「いや、逃亡せずに人質を助けたことについては、上によく報告しておく。伝馬牢《てんまろう》の石出帯刀《いしでたてわき》殿にも、丁重に扱うよう頼んでおくつもりだ」

「よろしく頼む」

「私を助けてくれた借りは、私に返させてほしい。何か頼みたいことはないか」

門馬は黙っている。

「家族はないのか」

「ない」

「…………」

「わしは土佐を脱藩し、帰る国も家も捨てた。あげくに尊王も佐幕もどうでもよくなって、京も捨てたのだ。これからは開拓者山本善助として生きようと思い決め、蝦夷に渡った身……。もう思い残すことなど何もない」

門馬が初めて吐いた、真情に触れる言葉だった。

土佐は、上士《じょうし》と下士《かし》の身分の差、尊王攘夷派と佐幕派の対立が他藩より激しく、多くの血が流れたお国柄である。人間のそうした骨肉《こつにく》の争いがほとほと嫌になって、門馬豪助から、山本善助になりたかったのかもしれない。

幸四郎は初めて、門馬という人間が分かったように思った。

「ただ、一つだけ頼めるならば……」

ふとかれは慎重に言いだした。

「もし閑があればの話だが、松前の何と言う町だったか……。海の近くに〝柳《やなぎ》〟という茶屋がある。そこにおきぬという女がいるはずだ」

「うむ、松前の、『柳』の、おきぬさんか。松前ならたまに行くことがある。帰ったらぜひ会って、貴殿のことを伝えよう」

「その時、磯六のシモヤケ薬を一つ、みやげに渡してくれないか。あれはよく効いたぞ」

「それを聞いたら磯六が喜ぶだろう。よし、心得た。きっと届けよう」

幸四郎は、シモヤケで手を腫らしているおきぬという女を想像した。門馬も思い出しているのか、そのいかつい顔に微かな笑みを浮かべている。そんな門馬の顔を見るのも、初めてだった。

無精髭をはやし、分厚い唇はひび割れ、やつれ果ててはいたが、その顔はやはり好人物そうで、どう見ても国家存亡に関わる国事犯には見えなかった……。

江戸湾に船が滑り込んだ時、幸四郎らは甲板に出て、感嘆の声を上げていた。

慶応二年三月。品川《しながわ》沖から横濱《よこはま》沖にかけての海には、イギリス、フランス、アメリカ、阿蘭陀……など、各国の軍艦がひしめくように停泊していたのである。

西欧列強に虎視眈々《こしたんたん》と狙われつつも、江戸の町は、美しく春霞みにかすんでいた。

九

微風に小さく揺れる障子の影は、花の影であろう。

柔らかい春の陽が、軒端《のきば》の桜の枝を映し出している。

影が揺れるたび、ふと忘れられぬ女人の姿に見え、艶《なまめ》かしい思いに包まれた。

これで何日、寝込んだことになるか……。

幸四郎には、途中の記憶が曖昧で、自分の部屋の天井の節を見上げながら数えてみたりする。

船内で水浸しになったのが祟《たた》り、ずっと風邪気味だったが、任務が終わるまでは寝込まずに頑張り通した。

箱館丸から小船で品川の桟橋に降り立ったのは、三月三日の穏やかな朝だった。

それからは、まるで夢を見ているように事が進んだ。

倒幕派による囚人奪還を恐れ、出迎えに来た牢役人は十数人を数えた。護送して来た幸四郎ら箱館奉行所の役人五名が、門馬の乗る唐丸籠《とうまるかご》を鋏み、隊列を組んで小伝馬《こでんま》町《ちょう》牢屋敷に向かった。

牢役人に囚人の身柄を引き渡す時、門馬と目を見交わしたのが、かれを見る最後だった。

「武運を祈る」

目にその思いをこめたつもりだが、見返すぎょろりとした目には、もう何の表情もなかった。

一抹の安堵と引き換えに、幸四郎は門馬の命を幕府に委ねたのである。それについては考えても仕方ないことだった。誰しもが、自身の運命を享受するしかない。

任務はこれで終わってはいない。幸四郎は、牢役人に報告書を渡して牢屋敷を後にし、岩本町《いわもとちょう》を懐かしみつつ通り抜けた。

この界隈に千葉道場があり、毎日のように通った道である。

その足で箱館奉行江戸詰の新藤鉊蔵《しんどうしょうぞう》にまみえた。ここで護送の経過を報告し、小出奉行からの申し渡しを伝えた。

牛込《うしごめ》の自宅に戻ったのは、日が暮れてからである。

家には、四十半ばを過ぎた母親保子《やすこ》と、書院番をつとめる六つ下の弟弥五郎《やごろう》がいた。

すでに弟から、幸四郎の帰宅を知らされていたから、二人は玄関を出たり入ったりして、帰りを待っていた。幸四郎が門前に立った時は弟がいて、一目見るやニコッと笑い奥に向かって呼んだ。

「母上！」

呼び声に、母が前垂れを外しながら飛び出して来た。

「お帰り。お役目ご苦労様でした」

「母上もお変わりなく何よりです」

幸四郎は冷静に言って家に入り、まずは仏壇に手を合わせ、亡父に無事を報告する。次に同居して寝たきりの母方の祖父に挨拶し、それから風呂に浸かった。

晩飯の膳は質素ながら、小豆《あずき》入り赤飯《せきはん》に、美味《うま》い江戸の豆腐、お頭《かしら》つきの鯛などが並び、それに酒の徳利がついた。

道中は酒を自らに禁じていたから、久々に呑むと、全身が柔らかく溶けほぐれていくようだった。

積もる話に杯を重ねるうち、幸四郎は大酔《でいすい》した。

夜話は夜更けまで続いたが、やがて泥酔《でいすい》して潰《つぶ》れてしまい、弟に担がれて床《とこ》まで行き倒れ込んだ。

任務はこれで終わりではない。翌日は正装に身を固めて登城し、老中はじめ諸役に、報告かたがた挨拶回りが待っている。

そうしたすべての仕事を滞《とどこお》りなく終え、帰宅した夜、高熱を発して寝付いてしまったのである。

蘭方医が呼ばれ、二日間こんこんと眠り続けた。

三日めの今朝、気分良く目覚めた。熱は下がり食欲もあった。

だが幸四郎が起きだすと、弥五郎と保子が代わる代わるもっと寝ているよう説得し、また床に戻された。

「もう一日、寝ておいでなさい」

保子は言った。

「ぶり返したらどうします、家に居られるのはあと三日しかないのでしょう」

「ですからのんびり寝てもいられません。留守宅に届ける手紙を幾つか預かっているし、会いたい友達もいます。調べごともあるので、少し外出させてください」

「お手紙は弥五郎に頼みなさい。お友達は家にお呼びなさい」

保子は、以前と変わらぬ関係を取り戻そうとするのだろう。四十半ばの、シミもない色白な肌に、若やいだ笑みを浮かべ続けた。

幸四郎を生む前に、死産やら流行病《はやりやま》いやらで、三人の子を幼いうち亡くしているため、幸四郎のことには人一倍うるさい。

だが旗本の奥方にしては進んでいて、女は奥に籠って家を守るべきとは考えない。女も子育て以外に何かやるべきだと主張し、自らも座敷の一つを開放し、滝本流《たきもと》の書を教えているのだ。

この母に師事していた弟子の一人が、佐絵だった。

庭先に小鳥がさえずり、どこか近くで犬が吠えている。障子を半分ほど開け放った隙間から、焚き火の匂いが流れてくる。

蝦夷とは大変な違いである。

(出かけなければならぬ)

幸四郎は内心焦った。

母には内緒で、佐絵にぜひ会わなければならぬ。

だが相手は人妻だから、さすがに手紙を託すのもためらわれ、どうしたものか思いつかない。本当は、会うのが怖いのかもしれない。幸せそうな姿を見ても、不幸な姿を見ても、自分は衝撃を受けるだろうと思う。

真実を知るのが恐ろしく、気ばかり焦っていた。

弟は城に出掛け、母も留守のようだ。屋敷が静かなのを見計らって、そろそろと起きだし、手早く身支度を整える。

その時、廊下に足音が聞こえた。

「あら、お出かけですか」

母親の尖った声が降りかかる。

「あ、犬だ……」

縁側に野良犬が近寄ってきたのを見て、幸四郎は話をそらした。

「この犬、庭にずっといるようだが、飼ったのですか」

「いえ、五郎さんが餌をやるもんだから……」

犬があまり好きではない保子は、美しい眉をひそめた。動物好きの幸四郎が子どもの頃、捨て猫や野良犬を拾ってきて、よく叱られた記憶がある。

茶の盆を廊下に下ろして、母は座った。

「それはそうと、幸《こう》さん、お急ぎですか」

「いや、特に急ぎませんが、何ですか、改まって」

幸四郎は縁側に座り直した。

また縁談か、といささか気ぶっせいだった。

十

「あたしは、幸さんに謝らなければならないことがあります」

盆に並べた二つの茶椀に茶を注ぎながら、言う。

「改まってまた何ですか」

「……佐絵どののことです」

少しためらいつつ、保子は伏し目がちに言う。

「え？」

呑み下したお茶が、喉の奥から逆流してきそうになった。

「何をまた急に」

「お前、佐絵どのに会うおつもりでしょう」

「まさか！」

否定しつつ赤面した。とうに見透かされていたのである。

「旗本の奥方になったことは、知ってますよ」

「今年、ややも生まれたそうですよ」

「…………」

「こんな言い方も何ですが、お前のお嫁さんになっていたお人と思うと、なんだかいたたまれません」

「母上、今更そんな話は……」

「いいえ、良くはありません」

「慰めは聞きたくないということです」

強く言った。佐絵を怨じる気持ちは、母には分からないのだ。

熱い茶を啜り上げ、茶碗をカタンと置いてそのまま立ち上がろうとする。

「でも、聞いてほしいのです」

すかさず命令調の言葉が追いすがった。

幸四郎は座り直した。

「佐絵どのが突然お前様から離れたのには、理由があるのです。ええ、あたしが余計なことを申したのですよ」

「…………」

「あれは、お前様が出発なさる前の日でした」

その日、朝から幸四郎は留守で、家の中は翌日の準備でざわついていた。だが文倉家の座敷では書塾がいつも通り開かれており、佐絵が訪ねてきていたのだ。

その帰りを保子は引き止めた。

「佐絵どの、明日は千住《せんじゅ》まで見送ってくださるそうですね？」

向かい合うと保子は切り出し、頷く佐絵にこう言った。

「まだ結婚が決まっていないなら、見送りは控えた方が良くはないですか。世間に誤解される恐れがありますよ」

「…………」

佐絵は驚いたように、涼しげな目を見開いた。

「それは気づきませんでした」

「お父上がお認めにならないそうですね、理由は、幸四郎と御政道の意見が違うからなのですか？」

「はい、その辺りは微妙でございまして……。ただ私は惣領娘でございまして、家に跡取りがいないことで、父が苦慮しているのも確かでございます」

「幸四郎は弟に家督を譲って、お宅に婿養子に入ると申しています」

「はい、そのお気持ち有り難いと存じますが、父は、そこまでして頂くのは申し訳ないと……」

「お父上のお気持ちお察し申しますよ。ご存じのようにうちも跡取り息子ですから。正直申して、幸四郎には家を出てほしくありません」

「…………」

「佐絵どのは、幸四郎には過ぎたお方だと思っております。でも……、ですから……」

少し言い淀んだが、思い切って言った。

「支倉家に入って頂くわけにはいきませんかえ」

「…………」

佐絵は目に一杯涙を湛え、畳に額をすりつけた。

「本当に申し訳もございません。自分の方の都合ばかり並べて、お母上様のお気持ちも汲まず、幸四郎様のお言葉に甘えておりました。私……お約束致します。お母上様を悲しませるようなことは、決して致しませんから」

「そう言って佐絵どのは、涙を拭きながら帰られたのです」

保子は言葉を切って、少し考える様子だった。

「そのことがあって、見送りには来なかったのでしょう。それは、結婚も決まっていない若い娘として、当然のたしなみと思いますよ。でもそれきり音信が絶えたと聞いて、実は気が気ではなかったのです。あたしのせいではないかと」

「……………」

「あれきり塾にも見えません」

保子は初めて、茶を啜った。

「あのように申せば、支倉家に入ってくれるかと……。そんな浅はかな考えが、向こう様の気持ちも、お前様の心づもりも壊してしまった。半年後にはお嫁に行かれたので、もう償いもできません……」

「もうやめてください」

やっと落ち着きを取り戻して、幸四郎は強く遮った。

「母上が佐絵どのに申されたことは、そう間違ってはおりません。この私が、はっきりさせずに発ったのがいけなかったのです。蝦夷に発つ前にもう一度、向こうの父上と会うべきでした」

「……………」

「どうか、もうご自分を責めないで頂きたい。もともと、この結婚には無理があったのです。向こうのお父上は、私とは、全く相容れない人物でした。まとまるはずがなかった。それをよく承知していたのに、どうにも出来ず……」

　口ごもって、幸四郎はぬるくなった茶を啜った。

　そうなのだ。会えば、御政道の議論を仕掛けられるのがたまらなく億劫《おっくう》だった。一般に攘夷派の議論は、論争とは言えず、ほとんど言葉による制圧に等しいのだ。

　密かに幸四郎が後悔しているのは、あの娘を力づくで奪ってしまわなかった自分の優柔不断さだった。

「しかし、正直に打ち明けてくれて感謝します。おかげ様で、どうしても解けなかった謎が、一年半ぶりに解けました。母上、もうこのことは忘れましょう」

　縁側の春らしい陽だまりで、母と息子は、沈黙したまま向かい合い、しきりに冷えた茶を啜っていた。

　幸四郎は、なんだか泣きたい気分だった。

　こんな簡単なことだったのか、と思う。

　こんな原因で自分はあれだけ悩み抜いてきたのか。そう思うと、実に情けない気分だった。

　母にも、佐絵にも、罪はなかった。自分が母を説得するなり、適当な人を立てるなりすれば、佐絵の父も、幸四郎の母も折れただろう。すべては、女性の気持ちを汲みきれない不器用な自分に、責任があると思う。

ちょっとした結び目を解かなかったことで、その後の人生が、かくも大きく変わってしまう。そのような偶然に左右されて、運命は紡《つむ》がれていくものらしい。

しょせん二人はこうなる運命だった、とも幸四郎は思う。

今日は誰か友人を呼び出して酒を呑もうか……。

そんなことを考えていると、犬がクンクン鳴きながら、鼻面を出してきた。

幸四郎はその鼻面をなでてやった。

「よしよし、おヌシはもう支倉家の一員だ。名前をつけてやろう。タローでどうだ。早く犬小屋を作ってもらえよ」

「また厄介が増えますよ」

そう言って母は立ち上がり、去って行く、幸四郎はそのまま縁側に座ったきりでどこにも出掛けず、いつまでも犬を構っていた。


三月半ばの早朝、支倉幸四郎は再び箱館丸に乗り込み、江戸を後にした。

折から関東は桜の季節だった。

陸地に沿って北上する船の甲板に立つと、沿岸に続く山々の中腹には、こんもりと白い山桜が、今を盛りと咲いていた。それはまるで花屏風と言いたい風情で、爛漫と連なっている。

　幸四郎は甲板に立ち続け、初めて見るように飽かずに桜の花を眺めていた。

第五話　蝦夷絵の女

一

海風がなま暖かく肌をなぶる、三月下旬の夕まぐれ。

地蔵町の路地裏を、大男がふらふらとよろめき歩いている。

まだ陽は落ち切っておらず、軒提灯に灯も入っていないのに、早くも大酔のていらしい。

一つに束ねた総髪にも無精髭にも白いものが目立ち、着流しの丹前《たんぜん》の前をだらしなくはだけている。ゆるんだ帯に矢立てを一本差しているのが、せめてものこだわりなのか。

その後ろに近所の悪童どもが付きまとい、四十年配の大人を囃《はや》して、悪さをする。

着物の裾を引っ張ったり、しぐさを真似たり、石をぶつけたり……だが男は特に叱りもせず、大笑いするだけだ。

そんな姿を見馴れた町の人は、

「また絵馬屋《えんまや》の呑んだくれが」

と相手にもしない。

それもそのはず、酔えば所構わず寝てしまうような男なのだ。

道ばたの溝《どぶ》にはまっていたり、野原に倒れていたり、他家の屋根で高いびきということもあった。

男がこの箱館に姿を現したのは、もう二十年も前のことである。

平澤屏山《ひらさわびょうざん》と号し、いっぱし安全祈願の〝船絵馬《ふなえま》〟を描いて、活計《たつき》としてきた。港に出入りする船の船主や船頭が買ってくれるのだが、絵馬屋家業は苦しく、好きな酒を呑むのも一苦労の有様だった。

ところがここ数年、蝦夷絵と呼ばれるアイヌ絵を描いて、売れだした。その精密な写実ぶりが評判になり、注文が舞い込むようになったのだ。

そこにはアイヌの鮭漁、コンブ採りの様子、雪中の酒宴、殺した熊の魂を神のもとに送る〝イオマンテ〟の儀式……等々、普通では見ることも出来ない奥地のアイヌの日常が、熊の毛一本も疎《おろそ》かにしない生々しさで描かれている。

物珍しさも手伝ってか、開港以来、船でやって来る異人達に特に人気があり、蝦夷絵を買わないで帰国する者はいないほどだった。

ところがいかんせん、本人は気紛れで欲がなく、いったん気合いが入れば恐ろしい集中力で描き上げるが、財布に呑み代があるうちは絵筆を取ろうともせず、昼間から酒に溺れている。

だから絵は売れても、いつも貧乏だった。

そんな仕事ぶりに業《ごう》を煮《に》やして、かれの住む長屋まで、怒鳴り込んでくる画商が絶えなかった。

この日も長屋路地に入る木戸口に、一人の若い武士が立っていた。

大柄な男がよろけながら近づいてくると、武士は待っていたとばかり歩み寄った。

「屏山先生ですね」

「…………」

屏山と呼ばれて、ギクリとしたように立ち止まった
「私は箱館奉行所の役人で、難波《なんば》と申す者ですが」

「えっ？　お役人様がこの呑んだくれに、何のご用かいね」

「折り入って相談したきことがあります、じつはロシアの……」

「帰《けえ》ってくれ！」

最後まで言わせずに、突拍子《とっぴょうし》もない大声が飛んだ。

「おらア、見た通り大雑把《おおざっぱ》な人間だが、蛇とお侍とお役人だけは、どうにも仲良く出来ねえんだ」

細い酔眼をさらに細めて言いざま、急にシャンとして、路地に入って行く。

「ち、ちょっと待ってくださいよ……」

慌てて追いかけた難波の鼻先で、ガタンと戸が閉まった。

「ふーむ、変人とは聞いていたが、奇人だな」

若い下役から話を聞いて、幸四郎は唸った。

「いやはや、面目ございません。とりつく島もないとはこのことで」

難波慎之助《しんのすけ》は、顎髭を掻いて言った。

そもそもの発端は、ロシアの副領事が大町の〝運上会所《うんじょうかいしょ》〟に持ち込んできた苦情である。

運上会所とは、外国との貿易業務を管理監督する役所で、役人や通詞が常駐している。

そこへいきなり現れたロシア副領事に、通詞を呼んで応対すると、ロシア人は顔を真っ赤にして、次のようにまくしたてたという。

自分は近く母国に一時帰国するにあたり、ハコダテ土産に、評判の蝦夷絵を持って帰りたい、そこで絵師の平澤屏山に作品を依頼し、手付けとして相場の倍以上の金も渡した。

しかるにもう三か月以上もたつのに、まだ絵が仕上がらない。

屏山は、期限が来ても仕事に取り掛かろうとせず、催促するとあれこれと言い訳ばかりで埒があかない。帰国の日は迫っており、このままでは重大な信義違反として、外交問題になろう。

何とか、しかるべき措置を講じてもらえないか……。

しかしこのような難題を持ち込まれても、運上会所としては管轄外で手の及ぶところではない。さりとて相手は一国の副領事、おろそかにも扱えない。

というわけで奉行所に泣きついてきて、小出奉行から幸四郎に、〝善処せよ〟とのただ一言のお達しである。幸四郎はとりあえず若い下役を屏山のもとに差し向けたが、このていたらくだ。

「ま、そんなこともあろうかと、自分なりに関係筋に当たってはみた。だが絵馬屋というだけで、どうも素性がはっきり摑めない」

幸四郎は腕を組んで言った。

「本当に自分で描いているのか、金だけせしめて影武者に描かせていたのでは……などあらぬ想像をする者までいる。いや、本人が描いているのは間違いないが、あのだらしなさ……あの浮浪人とも見紛う風体《ふうてい》が、緻密すぎる絵と落差があり過ぎるというわけだ」

「どうも結びつきませんね」

幸四郎は難波と顔を見合わせ、何となく頷き合った。

屏山は、嘘偽りもない絵師だった。

「あの福嶋《ふくしま》屋の大旦那が何よりの証人だ……」

福嶋屋は箱館でも指折り数える豪商である。

その二代目の杉浦《すぎうら》嘉七《かしち》が、屏山なる貧乏絵師に蝦夷絵を描かせたとは、そこそこ知られた話である。

――ちなみに平澤屏山は。

豪商杉浦嘉七によって見出され、国内よりも、海外に知られた絵師である。

本名国太郎《くにたろう》。文政五年（一八二二）、奥州大迫村《おおさこ》（岩手県花巻市《はなまき》）の、肝煎り《きもい》（町長）までした旧家に生まれたが、七歳で父親に死なれ、得意の絵筆で絵馬を描いて一家を支えた。

しかし師匠について画を学んだこともなく、年端《としは》もゆかぬ絵馬屋に、そう注文が舞い込むはずもなく、生活は困窮をきわめた。

そんな中、可愛がっていた妹が高熱を発し、医者にも診せられぬまま他界。絶望して二十三の頃に故郷を捨て、箱館に流れついた。

この地では船絵馬を描いたが、生活は苦しかった。

運命が開けたのは、福嶋屋二代目の知遇を得てからである。

江戸の商人だった初代は、文政年間、松前藩支配の蝦夷に乗り込んで、請負場所の十勝《とかち》と日高《ひだか》で富を築いた。

だがその息子は、三十を前に妻子を残して病死。悩んだ初代は、松前藩士井原《いはら》忠三郎《ちゅうざぶろう》を亡息の妻の婿《むこ》に選んだ。井原はこれを受けて武士を捨て、福嶋屋に入って後継者となった。

この二代目はしたたかな人物で、遺児を大事に育て上げ、浮いた噂もなく、商いも先代より伸ばしたと言われる。

さらに屏山の画才を見抜き、十勝のコタン（アイヌ聚落《しゅうらく》）に送り込んで蝦夷絵を描かせた。その異常なまでの写実と、日本にはない美しい青はたちまち人気を博した。

松前藩には、絵の伝統があったようだ。寛政《かんせい》期に、家老であり絵師でもあった蠣崎《かきざき》波響《はきょう》が活躍し、その蝦夷絵『夷酋列像』は天覧《てんらん》に供されるほど評判になった。

そうした影響で、藩士にも絵画熱が盛んで、目も養われていたかもしれない。

「この二代目嘉七は、村垣奉行の時に大いに活躍したと聞きますが？」

難波が言う。

「そう、米国と通商条約を結ぶことになった時、村垣奉行様はまっ先に、産物会所を作られた」

米国商船に醤油や昆布などを売り込むためには、市中の御用商人に、資金を前貸しする仕組みが必要だ。そう考えた奉行は、それが出来る会所を設けたのである。

その元締をつとめたのが、二代目杉浦嘉七だった。

「そんな縁からだろう、奉行所の文蔵《ふみぐら》にこんな物が保管されていた」

幸四郎は言って、脇にあった平たい桐箱を開けた。

「やあ、これは見事……」

中から取り出された一枚の絵を見て、難波は声を上げた。

二

それは西洋紙に描かれた、彩色の蝦夷絵だった。

そこには、アイヌの老若男女が、およそ百人近くも描かれていようか。かれらは一か所に集められ、医師に〝種痘《しゅとう》〟を受けている図である。

題して『蝦夷人種痘之図』。

安政三年（一八五六）蝦夷地のアイヌに疱瘡《ほうそう》（天然痘《てんねんとう》）が大流行したため、箱館奉行の村垣淡路守は、幕府に種痘医の派遣を要請した。

翌年、江戸から桑田立斎《くわたりつさい》、深瀬洋春《ふかせようしゅん》の二人の医師が派遣されてきて、種痘を施すことになった。

これが大騒動だったようだ。

種痘なるものを知らぬアイヌたちは、恐れをなして山奥に逃げ込んでしまう。それを褒美で釣ってなだめすかし、何とか呼び集め、次から次へと種痘を施した。立ち会いの幕府役人のそばには、褒美に渡す反物《たんもの》や塗物《ぬりもの》、宝玉《ほうぎょく》などが積み上げられていた。そんな現場のてんやわんやが、アイヌの一人一人の表情に表れた怯《おび》えや困惑に至るまで描かれ、真《しん》に迫って伝わってくる。

――ちなみにこの種痘は、箱館奉行の英断である。

幕府が、アイヌに種痘を施したという事実は、あまり知られていない。この時代のアジアで、少数民族をここまで保護した例は、他に類を見ないのではないか。

例えばオーストラリアでは、イギリスの植民地になってから、先住民アボリジニの間に、天然痘が繰り返し流行した。

日本の幕末期にあたる一八六〇年にも大流行したが、イギリス人は何の治療も施さなかったから、大量の死者が出て、アボリジニ人口は半減したと言われる。

即座に幕府に種痘医を要請したのは、開明的な村垣奉行で、すぐに応じた幕府の首座は阿部正弘《あべまさひろ》。内憂外患の動乱の中でも、意外に官僚組織は機能していたのだと驚かされる。

「もちろんこの絵を描かせたのは、杉浦嘉七だ」

じっと視線を注ぎながら、幸四郎は言う。

「奥地まで送り込んで描かせた絵を、嘉七は奉行に献上した。それが保存されていると聞いて探し出したのが、この一枚だ」

「それは貴重なものを……」

「うむ、アイヌをここまで描ける者は、他にはおるまい」

「福嶋屋の旦那は、先見の明があると言うべきですね」

「屏山に船絵馬を描かせたところ、それが気に入ったらしい。屏山がアイヌに興味があると聞いて、請負場所の十勝の集落に住まわせ、寝食を共にするよう便宜を図ったようだ」

「いやァ、実に見事なものですね」

難波は首を振った。

「その福嶋屋に意見させてはいかがです？」

「もちろんそれは考えた」

幸四郎は画から目を上げ、思案顔で言った。

「しかし役人たる者、商人に借りを作るのは好ましくない……。そうお奉行は申されるに違いない。そこでまずは、この支倉自らが、少し動いてみようと思う」

地蔵町から弁天岬に向かっての、湾岸三丁ほどが内潤《うちま》町である。

その表通りには、福嶋屋、浅田屋をはじめとして、問屋、旅籠、各種の小店が軒を連ね、終日、人の往来が絶えることはない。

だがその裏小路に一歩足を踏み入れると、打って変わってひっそりとした〝風呂《ふろ》敷《しき》〟と呼ばれる一帯があった。

私娼屈や怪しげな茶屋が並んでおり、出入りする客は人目をはばかり、風呂敷を頭巾代わりに被って顔を隠すことから、そんな異名がついたのだという。

その〝風呂敷〟から少し外れた一角に、〝酒めし〟を看板にうたった豊島《とし ま》屋がある。

小体《こてい》だが安く、気の利いたつまみが出ることで、近くの問屋の奉公人や、下級役人、藩邸の足軽などが入り交じり、連日繁盛していた。

屏山はこの店の常連で、いつも一人でやって来る。

その夜も、常連でほぼ埋まりざわざわとひしめきどよめいている店内に、早々と小上がりに腰を落ち着け、盃を傾ける屏山の姿があった。

形ばかりのつまみを取るが、ほとんど手をつけず、ただ黙々と呑み続ける。店の方もそんな屏山の扱いを心得ているようで、酒が切れかけると次を運ぶだけで、声をかけることもしない。

小半刻《こはんとき》ばかり、屏山は酒を呑みつつ、ぼんやりと物思いに耽《ふけ》っていた。家にいれば封印して思い出しもしない過去が、こんな所で一人酔うほどに滲み出てくる。

いつも決まって脳裏に浮かぶ情景は、アイヌと共に過ごした、二百日足らずの美しい日々だった。

あそこはこうだった、あの人物はああだった……と細部を思い浮かべるうち、その風景に入っていくような気がする。背を丸めて黙々と呑んでいる時は、たいていそんな画の中にいる。

この時もそのように陶然と時を過ごしていたのだが、いきなり戸口が騒がしくなって、屏山は我に返った。

目を向けると、長身の若い金髪の外国人が、こちらに向かって突進してくるのが見えた。

「ココニイタノカ、ヤット見ツケタゾ！」

たどたどしく叫ぶ日本語が耳に入り、屏山は立ち上がろうとした。

(まずい所で出会っちまった)

そんな表情が顔に出ていた。だが座りっ放しだったためか、足がもつれ、立ち上がる前に胸ぐらを摑まれていた。

「な、何をする」

「コチラガ訊キタイコトダ、私ヲダマシテオキナガラ、マダ逃ゲルキデスカ」

「騙した憶えなどない」

異人は大きな手を振り上げるや、やおら屛山の頬を思い切り叩いた。ピシッと乾いた音がして、あれほどざわついていた周囲はシンと静まり返った。

異人の怒りはまだ収まらず、よろけた屛山の胸ぐらをつかみ直すと、再びこぶしを振り上げる。

その時、その手を、押さえた若者がいた。

「ワン・モメント・ミスタブラキストン！」

若者は英語で呼びかけ、摑んだ手を振りほどいた。ブラキストンと呼ばれた男も、屛山の胸ぐらを摑んだ手を放し、驚いたように目を見開いた。

「コ、コレハ……ハセクラサン……」

着流しに羽織、首に黒い襟巻きを巻いて立っている遊び人ふうの男は、奉行所役人の支倉幸四郎だった。

二人は互いに顔を見知っていた。七日ごとに運上所で催される奉行と領事との懇親会に、商人もたまに顔を出すのだ。また先日の新領事ガウルの新任の宴会でも、挨拶している。

ただ幸四郎がいつもの羽織袴ではないので、ブラキストンは面食らったらしい。

「キョウハ休日《オフ》デスカ」

「まあ、そんなようなものです。ちょっと……」

幸四郎は苦笑し、何を思ったかいきなりブラキストンを戸口の方に導いて行くや、相手の耳に顔を近づけて、何やら囁いた。

ブラキストンは頷いて聞いていたが、最後に大きく二、三度頷いて何か言い、そのまま出て行った。

——ちなみにトーマス・ブラキストンは。

函館の歴史で、最も有名な英国人の一人である。

たまたま立ち寄った箱館の自然に魅せられ、幕末動乱のこの地に新婚の妻と共に移住。鳥類分布の研究にいそしんだ動物学者にして、地蔵町に近代的な製材工場を設立した材木商でもある。

商売はいまひとつだったが、研究には熱心で、十里四方と決められた自由区域をしばしば逸脱し、奉行所からお叱りを受けた。

おかげで、箱館山に珍しい鳥類が飛来することに気づき、帰国後〝津軽海峡は動植物の南北の境界〟とする論文を発表。〝ブラキストンライン〟として世界に知られる。

この時期、世界の学者たちは〝発見〟を競っており、ガラパゴス島の特異性を発見したイギリス人に、ダーウインがいる。

ブラキストンは、屏山の蝦夷画を愛し、一枚につき百円（今の金額にして百万円くらい？）で絵を注文したという。だがなかなか描いてもらえず、約束不履行で殴ったという逸話がある。

箱館戦争が始まり、市中が火に包まれた時は、住民を海上の船に避難させるなど、多方面で箱館に尽力した。

「すまねえな。まさかあいつがここに来るとは……」

屏山は頬に手を当て、腰が抜けたように呆然としていたが、幸四郎が戻ると意外に冷静に礼を言った。

異人の突然の狼藉に息を呑んでいた周囲も、また何事もなかったようにざわめき始めている。

「いや、ブラキストンに限らず、異人を怒らせると殴られますよ」

幸四郎はにこにこ笑って言った。

「あんた、ブラキストンを知っているのかね」

屏山は警戒気味に言う。

「ええ、少し」

「ふーん、ま、いずれにせよおかげで助かった、面倒かけた詫びに、一杯どうだね」

「喜んで」

「ここらじゃ見馴れねえ顔だな、あんた」

すると幸四郎はまたにっこり笑って言った。

「自分は、奉行所の支倉幸四郎と申す者です」

三

「お役人様……？」

屏山は急に白けた顔になり、酔眼をそばめて幸四郎を見た。

「お役人ともあろうお方が、そのゾロリとしたなりは何でえ。こんなケチな店で呑んでるのは、そこらの〝風呂敷〟に出陣しなさる前の景気づけかね」

「ははは……いや、もうお察しでしょう。屛山先生に会うために、これでもいろいろ考えたのです」

「おらァに会うだと？」

屛山は、不機嫌に言った。

「奉行所にお叱り受けるような覚えはねえがな」

「例のほら、ロシアの副領事の件ですよ」

「えっ、あっ、あの野郎、そんなことで奉行所に泣きついたのか、卑怯なやつだ」

「しかし、まあ、そう言えた義理でもないでしょう」

「そ、そりゃまあ、そうだが、そんなことだら、わざわざおいで頂かんでも、奉行所に呼びつけて沙汰してくれりゃァいいに」

「といって、はいそうですか、とすぐ絵筆を取って描き始めてくれるとも思えない。少なくとも先生の蝦夷絵を拝見する限り……」

「えっ、ど、どの絵のことで？」

酒をつぐ手を止め、屛山の声が固くなった。

「先のお奉行に献じられた〝種痘之図〟ですよ。持ち主は福嶋屋でしたね」

「…………」

「いやァ、あの画には参りました。何と言いますか、アイヌに血が通っているとでもいうか……。他の絵師が描いた蝦夷絵とは、根本が違っています。こんな画を描く絵師とは、一体どんなお人か。そう考えて、役人の衣装を脱ぎ捨てて参った次第。失礼の段はひらにお許しください」

屛山は手にした盃を見つめたまま、何とも言わない。

一瞬、しくじったかと幸四郎は青ざめた。

遊び人の姿で来たことで、ひょっとして怒らしてしまったか。かれは、役人として会っては話が進まぬと思っただけなのだが。

やがて屛山は顔を上げた。目の回りだけ赤らんだ酔い覚めの顔は、笑っているとも泣いているとも見える。

「いや、すまんこって。おらァ、そう言ってもらうほどの大した絵師でねえ。ただの職人だ。ただの呑んだくれの絵馬屋に、とんだ気遣いをさせちまって……」

「あ、いや」

思いがけぬ言葉に幸四郎は慌てて、手を振った。

「姐さん、酒だ……。こちらの先生にもっと酒をたのむ」

小上がりで向かい合った屏山と幸四郎の間に、何本の銚子が運ばれたことだろう。屏山が誰かと、しんみり酒を酌み交わすなど、店ではあり得ない光景である。おまけに〝侍嫌い、役人嫌い〟で有名だったから、いつまた怒りだすか、いつ喧嘩が始まるか、と店の者は暖簾の陰から固唾《かたず》を呑んで眺めていた。

だがそれは杞憂《きゆう》というものだった。

屏山は、この少し滑稽ではあるが大胆な着流し姿で現れた若い役人に、好感を抱いていた。喋り方や身のこなしに爽やかな品位が滲んでいるのも感じて、その天稟《てんぴん》を誤解しはしなかった。

この蝦夷地に来て目《ま》のあたりにした松前の藩役人とは、別種の人間だと、すぐに理解したのであろう。

「信じちゃもらえまいが、この屏山、アイヌの画を描くのが嫌でたまらんのです。何故かって？　いくら本当を描いても、ウソになるからでさ。アイヌの顔のシワ、頭髪の中の吹き出物まで描いたが、やっぱり上っ面に思えてな……」

屏山はいつになく真面目な口調で言った。

「描くのが恐ろしくなると、酒を呑む」

幸四郎はそんな屏山の葛藤が、分かるような気がした。どれだけ見た通り精密に描いたところで、それは真実とは違うのだ。

「ウソでもいいとは、考えませんか」

「……難しいことはよく分からねえ。ただ、今のお前様の言葉で、少し力をもらったような気がする」

屛山は自分の言葉に頷いた。

「まあ、御用のむきは承知したでな。注文はちゃんとこなすから、そのロシアの旦那にもイギリスのブラ……何とかにも、安心してほしいと伝えてくだせえ」

妙に神妙な屛山の言葉に、幸四郎もまた神妙に頭を下げた。

「何とぞよろしく頼みます」

むさ苦しく不潔感漂う絵師だったが、それは風采だけの話で、その目は、少年のように澄んでいることに、初めて気がついたのである。

別れ際になって、屛山は改まって言った。

「旦那、これも縁だと思って、一つ頼みがあるんだが……」

「どうぞどうぞ、何でも言ってください」

「いや、ぜひ見て頂きてえ絵があるんでな。今の仕事を終えたら、連絡してもいいかいね」

「喜んで。いつでも伺いますよ」

そう答えて、幸四郎は屏山と別れた。

それからほどなく、運上会所から奉行所に、例のロシア副領事のもとに屏山の絵が届いたという報告が来た。

ブラキストンの方にも届いたらしく、豊島屋で、かのイギリス人と屏山が酒を呑んでいたという情報が伝えられた。

だが幸四郎の元に、屏山からの連絡はなかった。

屏山は、久しぶりに絵に打ち込んでいたのである。

というのも奉行所の若い役人の取りなしのおかげで、かれは思いがけぬ拾い物をした。

自信を得たことが第一の拾い物で、早速《さっそく》にも二枚の作品を仕上げることが出来た。

自分を殴ったイギリス人の分は、わざわざブラキストンの西太平洋商会を訪ねて、手渡したのである。ブラキストンは太いに喜び、殴ったお詫びにと、豊島屋で一杯奢ってくれた。

その上、故国に帰った折に買い求めたという舶来の絵具を、気前よく与えてくれたのだ。それが第二の、貴重な拾い物である。

これは〝ウルトラマリンブルー〟と言い、おそろしく高価な青金石《ラピスラズリ》から作られた絵具で、その神秘的な深い群青色《ぐんじょういろ》は、今までの日本製とは比べ物にならなかった。

（これでなければならぬ）

（これがあれば、今までどうしても描けなかった蝦夷地の場面の幾つかを、再現出来るかもしれない）

そんな思いに駆られた屏山は、やおら押し入れに首をつっ込み、奥にしまい込んでいた画帳を引っぱり出したのである。貧乏暮らしで絵を売り食いした日々、これだけは手をつけなかった宝物だ。

画帳には、奥地での懐かしい日々が描き止められている。

長く開かなかったのは、開けなかったからだ。

今、一枚めをそっとめくっただけで、生々しい蝦夷地の数々が、むせ返るように甦ってくるのだった。

四

杉浦嘉七が絵馬を頼んで来たのは八年前、三十六の時だった。

それまでも福嶋屋の絵馬は描いていたが、当主じきじきの依頼ではなかった。

この時、当主は持ち船の絵馬を、別の絵馬屋に頼んでいたが、何か不都合があって、その代行の仕事が屛山に回されたのである。

それを納めて数日後、嘉七の使いの者がやって来て、主人が会いたいと言っている、と伝えた。

何かでしくじったかと、屛山は生きた心地がしなかった。

嘉七は武士上がりと聞いていたから、いかつく厳しい男を予想しておずおず出向いてみると、予想外ににこやかで腰の低い、四十年配の小柄な男だった。

「あの絵馬はなかなか良かった」

そう言われた時は嬉しかった。判で捺したように描いている職人仕事だから、賞賛の声などあまりないのが普通である。

しかるに、「絵をどこで誰に教わったか」「生まれはどこか」「稼ぎはいかほどか」

と矢継ぎ早の質問である。

「いや、質問攻めですまなかった」

屏山が一通り答えると、嘉七は詫びを口にして、茶を啜った。

「私が松前藩士だったことは聞いていよう。しかし、松前藩には寛政の頃、蠣崎波響という絵師のご家老がおられたことは知らんだろう。実は私も子どもの頃から、蠣崎様の絵に憧れていた。その門弟について、しばらく絵を習ったこともある。あの頃は、自分がまさかこんな銭勘定ばかりの人間になるとは、思いもしなかったでな」

言って嘉七は、微かに笑った。

「聞けばお前は、師についたことはないという。だがお前の絵を見た時、波響様の絵を思い出した」

「…………」

「そこで物は相談だ、一年ほど私に身を預けてみないか」

「ええ？」

「私の請負場所にはアイヌの集落がある。そこでしばらく暮らし、アイヌの生活を写しとってみないか。世に出回っている蝦夷絵は、どれもデタラメばかりだ。だがお前ならアイヌが描ける。家や飯の心配はいらない、酒も呑めるぞ」

屏山は半信半疑でぼうっとしていた。

世の中に、こんなうまい話があるはずがない。あるいは騙されて、松前に多い金山に、人夫として放り込まれるのではないか。

とっさにそんな疑念を抱いたが、といって、箱館の暮らしとて、金掘り人夫とさして変わらぬ苦しい日々である、騙す気なら騙されて、つかの間の夢を見てみようじゃないか。

一呼吸おいて頷くと、相手は言った。

「よし、決まった。出発は七日後だ、準備をしておけ」

福嶋屋の両天秤印の帆掛船は、港を出るや揺れ始め、屏山はひどい船酔いに苦しめられた。

春の内浦湾を北上する最中、石のようにただ身を横たえていた。

「港に入ったぞォ」

の声にようやく息を吹き返した。

十勝の会所は、港に近い広尾《ひろお》という地区に置かれている。

そこには支配人以下、通詞、番人など百人近い人々が寝泊まりし、産物の船への積み込みや積み下ろしをし、またアイヌの男達を鮭漁や昆布採りに駆り出していた。

船着き場からこの会所に着くと、嘉七から言われてきた通り、まずは支配人の詰所を訪ねた。支配人は四十がらみの目つきの鋭い痩せた男で、福嶋屋では番頭格らしい。

すでに嘉七から話は通っていて、一応は如才なく応対するものの、厄介者を迎え入れた、迷惑げな様子がありありと窺えた。

「……ここじゃ大勢の人間が働いておる。仕事はきついし、気が荒い奴もいる。ここに居りゃお釈迦様でも気が荒くなる。ちょっとしたことでも火が付くで、連中とは付き合わんようにしろや」

のっけから支配人は言った。

「アイヌの連中も連中だ、文句言うくせに働かない、怠け者ばっかりだ、あんたが言葉を覚えたら、あることないこと吹き込むだろうから、相手にするな」

そんな言葉の端々から伝わってくるのは、この現場の殺伐《さつばつ》たる空気である。

およそ百年前の寛政時代、クナシリに起こったアイヌの反乱は、場所請負人の飛騨《ひだ》屋の過酷な扱いが原因とされた。それ以後はアイヌの扱いや待遇が改善されたことになっているが、現実には、たいして変わっていないように思われる。

「これから、あんたがメシと寝床の世話になる家に案内させる。家といってもチセと呼ばれる小屋だが、じいさんと孫娘だけの二人暮らしだ。金はたんまり渡してあるから、何も遠慮はいらない、あっちのメシに飽きたら、こちらの会所で飲み食いしても構わんが、くれぐれも揉めごとだけは起こすなよ」

支配人はもう一度、そう釘を刺した。

画材の入った重い荷物を担いで、下働きの若者の後に続いた。

コタン（集落）は、この会所を遠巻きにするように、十数戸ずつ点在している。

屏山が初めて足を踏み入れたのは、小高い丘の上の、ひっそり静まり返ったコタンだった。

萱で屋根を葺《ふ》いた、同じような大きさのチセが建ち並び、所々に穀物の保存用らしい高床式の小さな蔵があった。

どのチセの前にも物干があり、昆布や樹皮などが干されている。

屏山が思わず目を止めたのは、このコタンの乙名(首長)の住居と思われるチセの前にある、細木で編んだ檻《おり》だった。

そこには小熊の顔が覗いていた。

おそらく冬眠中に捕獲されたのだろう。ここでしばらく飼育されてから、イオマンテの儀式に供されるらしい。

人影がまるでないのは、男達は漁に駆り出され、女子どもは見馴れぬ和人の姿を恐れ、チセの奥に身を隠しているのかもしれない。

案内の若者は、コタンの外れを流れる、雪解け水の溢れる小川の手前で足を止め、粗末な橋の向こうのチセを顎でしゃくるや、さっさと足早に去って行く。いきなり放り出されたのだ。

屏山は、腐って踏み抜きそうな板を渡って、おずおず小屋の中に足を踏み入れた。

「ごめん……」

すぐ足下は土間、その向こうに囲炉裏を真ん中にした広い板敷きの間がある。その奥にも小部屋があるようで、そこから機織《はたお》りの音が聞こえている。音が止むと、一人の少女が姿を現した。

年の頃は十三、四か。樹皮で織った〝アツシ〟と呼ばれるアイヌ特有の長衣を纏っていた。その色があまりに鮮やかで、一瞬見とれた。

屏山が黙って突っ立っているので、向こうが荷物を見ながら声をかけてきた。

「絵を描くヒトですね」

カタコトだが日本語だった。

屏山はただ頷いたきりだ。

少女の肌は白く、目鼻立ちははっきりしているが、純粋なアイヌの彫りの深さではなく、髪の質も違う。和人の血が混じっているようで、アイヌの女達に見られる口の回りや腕の入れ墨もない。

「爺ちゃんは、もうすぐ帰ってくる」

そう言って少女ははにかんだように笑った。

その笑みを見た時、思いがけぬ衝撃が胸に弾《はじ》け、ほとんど言葉を発することも出来なかった。

亡き妹にそっくりだった。

いや、顔立ちは特に似ているわけではないが、どこか薄幸そうな、そのはかない微笑が生き写しなのである。思えば、極貧の中で発病し、ろくな手当も受けぬまま命を散らした妹は、ちょうどこの少女と同じ年頃だった。

かけがえのない宝物のように溺愛していた妹を、何の手も尽くせぬまま死なせてしまった負い目が、今も屏山の心を蝕《むしば》んでいる。

その妹と、この北の果てで巡り合ったような……いや、この少女に会うために、北の果てまで来たような気さえした。

五

そんな事情もあって、コタンでの暮らしは、屏山には意義深いものになった。

以後、ここで見るもの聞くものすべてが珍しく、驚きに満ちていて、文字通り寝る間も惜しんで画帳に筆を走らせた。

長閑《のどか》な海に丸木舟を浮かべ昆布を採るアイヌの老人。

お喋りしながら樹皮の繊維を織っている女たち。

檻の中の小熊の世話をする少年。

森の中で見つけた獲物に弓矢を構える若者……。

描きたいものは尽きず、またたく間に時が過ぎた。

その一方で、たまに足を向ける会所では、絵筆を投げ出したくなるような光景ばかりを見せられた。

アイヌたちを船に乗せ、漁に駆りたてる番人らの横暴さは、仄聞《そくぶん》した奴隷商人と変わらなかった。むやみに怒鳴り散らし、殴ったり蹴ったりして服従させる、それを親方連中は見てみぬふりをした。

酒をしきりに呑ませ、後で給金から差し引いて、ほとんどただ働きさせるやり口も、昔と少しも変わらぬ常套手段である。

また会所で飯炊きの下働きをするアイヌの女たちを、和人の男どもは、酌婦か娼婦のように扱っていた。

そんなおぞましい光景に出会うたび、怒りを鎮《しず》めるのに苦労した。

「お前は〝眼〟に徹しておれ」

嘉七からそう言い含められた言葉が、歯止めとなった。

そう、あの事件が起きるまでの半年は——。

会所から足が遠のく分、コタンに深く親しんだ。

屏山は自分を〝エンマヤ〟と名乗っており、折にふれて似顔絵や風景画を描いてみせる。するとアイヌの人々は喜んで、すっかり打ち解けた。特に子どもたちに人気があった。

チセでの間借り暮らしも、楽しかった。

孫娘はハツメといい、その優しさは本当の妹のようだった。

老人は以前はこのコタンの乙名だったらしいが、その座を下りてからは、住人らと距離を置いているように見える。

小耳にはさんだ噂では、もう十数年前のことだが、老人の娘が会所の通詞といい仲になり、妊娠してハツメを生んだ。

だがその男はほどなく女を捨てて十勝から去り、捨てられた女は半狂乱になって男を追った。結局は連れ戻され、数年の後に、川に身を投げて死んだ。老人が乙名をやめざるを得なかった裏には、そんな事情が絡んでいたらしい。

ハツメが時折見せる寂しげな微笑にも、そんな過去が思われた。

事件が起こったのは、屛山がコタンで暮らし始めて、そろそろ半年になる頃だった。

その夏の終わり、会所の支配人が、親方連中を引き連れてコタンにやって来た。年に一度、アイヌの懐柔策の一つとして、乙名や長老たちと懇親の宴を催しているという。

会所から運んできた大量の酒で、日の高いうちから宴会が始まった。宴席は乙名のチセの前に設けられ、コタンの女たちの用意した魚や野菜の料理が並んだ。

屛山は、〝和人と付き合うな〟と言われているのを理由に、それを無視した。連中とは酒を呑みたくないし、あるだけの時間は絵を描くことに費やしたかった。だがあの支配人自らが呼びに来たのである。

「ちょっと顔を出さんか、これも勉強だぞ」

なるほど、〝眼になれ〟とはこういう付き合いも含むか、と思い直し、末席で黙々と酒を呑んだ。

女たちが動員され、酌をしたり料理を取り分けたりしていたが、その中であの青色のアツシの少女がひときわ目立っている。

久しぶりに口にした酒は、早めに回ってきた。

他の連中もほろ酔い加減で、座は乱れ始めていた。

特に、捨三《すてぞう》という四十前後の番人頭が、奥州訛りの蛮声で何やら卑猥《ひわい》なことを喚《わめ》き始め、屛山の神経を逆撫でした。

かれには分かる。自分と同じように、食い詰めて蝦夷地に流れてきた半端者に限って、自分より弱い立場の者を見つけると威丈高に威張り散らすのだと。この世ではどうあがいてもうだつが上がらぬことの、裏返しなのかもしれない。

「キャッ」

突然そんな悲鳴が上がり、そちらを見ると、捨三が給仕の女の胸に手を突っ込んで、胸をはだけようとしている。支配人は笑って見ているだけだ。

かろうじて女が逃げると、捨三は怒声を上げた。

「おーい、何でえ、酒が切れてるでねか」

誰も、この男の元に酒を運びたがらないのである。

屏山は胸が悪くなって、席を立とうとした。だがその目の端に、酒をおずおずと運んでいく青いアツシの娘が入った。息を呑んで見守っていると、ハツメは捨三の前に酒を置くや、逃げるように立ち去ろうとした。

その手を取って、捨三はまたぞろ猥語を浴びせ始めた。

「いいじゃねえかよ、×××見せろや」

立ち竦むハツメを引き寄せ、裾をまくり上げる。

真っ白い臑《すね》が目に飛び込んで、屏山は立ち上がっていた。

「止《や》めろ！　ゲス野郎が……」

屏山は膳や食器を蹴倒して突進し、飛びかかって馬乗りになった。力まかせに顔を殴りつけると、組み敷かれた捨三は鼻血を流した。

杉浦嘉七の厳命が耳に甦ったが、もう手遅れだ、なるようになれ。自分はこいつの息の根が止まるまで殴ってやる。

捨三もまた血だらけの形相も物凄く喚きたて、反撃してきた。

「てめえ、このエンマ野郎、殺してやる！」

組み合って転がり、上になった時、もう一発見舞った。気絶したようにぐったりした相手をさらに殴ろうと振り上げた拳を、会所の連中に組みつかれ、押さえられた。荒い息を吐きながら、屏山は、腑に落ちるものがあった。

ここにいりゃ、誰でも気が荒くなる……。支配人が初めにそう言ったのは、こういうことなのだと。

屏山は故郷を出てから、人を殴ったことなど無かったのに、今はこの男を殺しても構わないと思ったのだ。

翌日、屏山は会所に呼ばれ、支配人からこっぴどく叱られた。

屏山も追放を覚悟していたが、さすがに嘉七の〝客人〟的な立場だったためか、それほど手荒な仕置きはなかった。

「今度こんなことがあったら、出てってもらうぞ」

そんな条件付きで放免されたのである。

屏山は、番人どもの仕返しを恐れて内心びくびくしていたが、どうやらそれなりの対策を講じているのか、捨三の姿は会所から消えた。釧路《くしろ》に所替えになったという。

何より驚いたのは、あの一件以来、コタンのアイヌたちの自分への態度が、目に見えて変わったことである。

彼らと自分の間にあった薄い膜が、一気に取り払われた感じで、アイヌたちは心を開き、エンマヤ、これを描いてみろ、エンマヤ、あれはどうだ、とこれまで閉ざしていた世界を、惜しみなく描かせてくれた。

和人には誰も描くことの出来ない世界が、自分の前に開かれたのだ。絵師として、これほどの至福があろうか。

もう一つ、仄《ほの》かな幸福感を与えてくれる存在があった。

少女から脱皮しつつあるハツメである。まともに見るのが眩《まぶ》しいほど、その身体は女らしくなっていく。妹も、無事に生きてくれたら、こんな喜びと戸惑いを味わわせてくれたことだろう。

そしてこのハツメと、〝対決〟する時が来た。

いや、もちろん対決などという言葉で表わせるものではない。

だが、このままではすまないだろう、何か一波乱あるのではないか、という予感めいたものがかれの胸にはあったのだ。

それは屏山が、狩りの風景を描くため、森の中に入った時だった。

森にはエゾシカやキタキツネが見られ、それを追いかけて木陰にひそみ、その自然の姿を素描するのである。

　描けるだけ描き、疲れ切ってチセへの道を辿っていると、夕闇漂う木立から、突然青いアツシが現れた。背負っている籠《かご》には、森で摘んできたキノコや山葡萄がたわわに入っている。

「やあ」

　と挨拶をかわし、二人は無言で少し歩いた。

「エンマヤ、いつここから出ていく？」

　しばらく進んでから、ハツメが言い出した。和語を少しずつ教えてきたが、その上達ぶりは目を瞠《みは》るほどだった。

「ん……はっきりは分からんが、そう遠い先ではないな」

「お願いがある、ハコダテまで、ハツメを連れて行ってくれないか」

「えっ、ハコダテに？」

　驚いて、屛山は相手の顔を見た。

　ハツメはにこりともせず、大真面目に頷いてみせる。

「し、しかし、爺ちゃんのお世話があるべな」

「いや、爺ちゃんが、エンマヤに頼めと言ったんだ。エンマヤはウタリ（仲間）だからって」

「…………」

「ハツメはここを出て行った方がいいって」

「…………」

予想外の展開だった。まさかこのようなことを頼まれようとは、考えてもみなかった。

そもそも来る時に杉浦嘉七に、〝アイヌのメノコ（女）に手を出すな〟ときつく言われていた。どの面下げて、女を船に乗せられるだろう。

それにハツメを連れて行ってどうする？

仮に何とか箱館に連れ帰っても、この輝くような娘を養うだけの経済力が、今後自分に生まれるとは、到底思えない。

「考えておくよ」

とだけ言って屏山はその場を切り抜けた。

杉浦嘉七から書状が届いたのは、それから一月《ひとつき》もたたぬ秋だった。予定を切り上げ、別のコタンに入るよう促す内容である。

それによると、十勝内の別のコタンに疱瘡（天然痘）が蔓延《まんえん》しており、奉行所の要請で、江戸から種痘医が派遣されてくるという。

これは滅多にない機会だから、種痘の様子を現地でつぶさに写しとり、至急箱館に帰って作品を仕上げよ。絵は、奉行所と幕府への献上品にするつもりだから、そのむね心得ておくように。

……というわけだった。

ハツメの依頼を断るには、おあつらえ向きの理由である。

だが〝種痘の図を描く〟など、どう説明すれば和人特有のウソではないと分かってもらえるだろう。屏山は、鉛を胃の腑に呑み込んだような気分に陥った。

意を決してある夜、囲炉裏のそばで老人と孫娘ハツメに言った。

「自分は雇い主の命令で、予定を切り上げねばならなくなった。もっと奥地さ入って、描かねばならん仕事があるだで、ハツメば連れて行くのはとても無理だ。気ィ悪くしてもらいたくねえが、一緒に行くわけにはいかねえってことだ」

「…………」

「それに自分はとんでもなく貧乏でな、箱館でハツメの面倒ばみてやる余裕がねえ」

「ハツメ、一所懸命働く。エンマヤの手伝いもする」

美しい目から涙をこぼし、ハツメは健気《けなげ》に言った。

「ああ、連れて行きたいのは山々だが、今は時期が悪いべな。少しだけ待ってくれるか。これから描く蝦夷絵は、福嶋屋の旦那様がお買い上げくださるそうだ。それで弾みがつけば、きっと絵が売れるようになると思う。そうしたらドッと金が入るで、迎えに来られる」

本当にそんなことがあるだろうか？

絵が売れて、ざくざく金が入るような夢みたいなことが、この自分の将来にあり得るだろうか。仮にそんな僥倖《ぎようこう》があったとして、酒代に化けない保証はあるのか。

我ながら信じられぬ言葉だが、なぜか熱い涙が止まらなかった。

自分は妹に続いて、この少女も見殺しにしようとしている。だがこの巡り合わせでは、他に言いようがあるだろうか。これは運命なのだ。

しばらく俯いて泣いていたハツメは、やがて頭をこっくりさせ、微笑んだ。屏山の見え透いたウソを、信じることにしたのだろう。

「待ってるよ、エンマヤ」

ハツメは微笑んで言った。

「分かったから、もう泣かないでくれろ」

を注いだ。

屏山は、出発前の慌ただしい時間を割き、ハツメの姿を画帳に写しとることに全力
ハツメははにかみながらも、精一杯の晴れ姿で屏山の前に立った。耳飾り、青いアツシ……その鮮やかな色は目に焼き付けて、色のない下絵を二枚描き、一枚をハツメに渡した。

ハツメはどう思ったことだろう、その絵を両手で持ち、いつまでもいつまでも見入っていたっけ……。

長い回想から我に返ると、障子越しの陽も翳《かげ》って、長屋の部屋はもう薄暗くなっている。

屏山は十勝から持ち帰ったまま、一度も開かなかった画帳を目の前に開いて、腕を組んでじっと見入っていた。外からは、居眠りをしているようにも見えた。

あれから八年間、これを放置していた。

大きな理由は、あの青を出せる絵具がなかったからだが、もちろんそのせいばかりではない。注文が多くてそれなりに忙しかったし、金もそれなりに入った。

だが収入を上回るほど、呑んだ。

時間がたつにつれ、この画帳を開くのが怖くなった。

そこに、自分の助けを待つ娘がいる。自分の迎えを、今か今かと待ち望む、薄幸の少女がいる。助けに行かなくていいのか。

その思いに耐えられず、ふがいない自分を忘れようとして、酒量はどんどん増えていくばかりだった。

しかし今、ここに〝青〟がある。

この青が、長い迷いを吹き飛ばした。

今、屏山は確信していた。

かのブラキストンがくれた欧羅巴の絵具があれば、あの蝦夷地の深く青い空と海、そして悲しみで染め上げたような青いアツシが、描けるに違いない。

それを描き上げることしか、放置したままのあの娘に謝る道はないのだと。

六

「おお、これは……」

幸四郎はその絵を見せられて、思わず声を上げた。

もう四月となり、五稜郭を彩る桜も美しく咲きだした頃になって、屛山から使いが来て、その長屋に迎えられたのである。

屛山は相変わらずむさくるしいなりで、無精髭を生やしていたが、頬はこけて引き締まり、いつも充血している目が、この時は輝いていた。

「約束した絵、実はやっと描き上げたでな」

「ええっ、では、見せたいと言われた絵は、あの時点ではまだ描いていなかったのですか？」

幸四郎は呆れて言った。

「いんや、とうに仕上がっておったが、胸の中さ隠しておいたでね。何せ、いつ飲み代に化けちまうだか、分からんべな」

上機嫌で笑いながら、屛山はその絵を畳に広げたのである。

素晴らしく美しい絵だった。

そこに描かれているのは、アイヌの若い娘の全身像である。娘は青い民族服と耳飾りを身につけ、はにかんだような笑みを浮かべて立っている。

その顔は大自然の気を吸って馥郁《ふくいく》と伸びやかだが、どこか寂しげな影が漂っている。

それをいっそう引きたてているのが、長衣の鮮やかな〝青〟だった。

「ほう、この青が迫力ですね。これはアツシと言う服で、たしかオヒョウニレとかいう木の樹皮から糸を作るのでしょう？　しかし、よくこんな美しい色を、絵に出せたものですね」

「ははは、それは秘密だべの、日本にはこんな色の絵具はない」

「え、舶来ですか」

「そうそう、西洋はさすが絵も進んでおるわ」

屏山はいつになく饒舌で、絵具の話をとくとくと続けている。

だが幸四郎は、ふと黙り込んでいた。

じっと絵を見つめているが何も聞いていないことに、ようやく屏山は気づいた。

「……どうかしなさったかね？」

不審そうな声である。

「ああ、いや……」

「いや、何かあるべの。言ってくだせえよ」

「私は、この絵の人に会ったことがある」

「ええっ？」

屏山は頓狂な声を上げた。

「……ような気がする」

「驚かさんでくだせえよ、旦那」

冗談だとすぐ気づいたらしく、髭をしごいて笑いだした。

「この絵の娘は、蝦夷のずっと奥地におって、今頃はたぶん誰かの嫁になって、子どもを抱いておるべさ」

幸四郎は、真顔を崩さずに頷いた。

「そうですか。では、言い直します。この絵の娘によく似た女に、最近会ったのです」

「ど、どういうことだね、最近とはどういう意味で？」

さすがに屏山も真顔になり、どもりながら問うた。

「会ったって……それ、どこでだか？」

だが幸四郎はすぐには答えず、腕組みをしてじっと考えている。

この絵を一目見たときから、何かしら既視感があったのだ。

(どこかで見たような……)

そう思ったとき、不意に浮かんだ女がいたのだ。しかし、我ながら信じられないでいた。

「屏山先生、ちょっとお尋ねしていいですか。この娘はアイヌなのに、口元に入れ墨が入っていませんね。手にも入っていない」

十勝の事情を知らない幸四郎は、それが引っ掛かっていた。

「ああ。この娘は混血だでな、父親は和人だよ」

「はあ、なるほど」

幸四郎は大きく頷いた。

「それと、この娘の手指ですが」

胸元で組み合わせた手の指をさして、言った、

「この指、この年頃の娘にしては赤く、腫れているように見えますが、これは何ですか、もしかしてシモヤケ……？」

「えっ、あれっ、ご明察だで。そ、そんなことがなんで分かったただかね？」

屏山は今度こそ仰天したらしく、絵と幸四郎を見比べるように視線を動かし、やっと言った。きめ細かい写実を得意とし、吹き出物やシモヤケ、アカギレの痕跡まで描き込む画風である。

「自分はただ見た通りに描いておったが、そうだ、たしかにこのハツメという娘は、指がシモヤケだらけでな。これを描いたのは秋口だったが、もう指を腫らしておった

のだ」

「ふーむ、そういうことですか」

幸四郎は頷いて、慎重さの中に自信を覗かせた。

「やっぱり私は、間違いなくこの娘に会ったようだ。もっともその女性はハツメではなく、おきぬといいましたが……。自分はおきぬさんに、シモヤケ薬を届けに行ったのです……」


松前には、たまに公用で行くことがある。

陸路では三日がかりだが、海路で行けば早い。風に恵まれれば、一刻（二時間）と少しで行けてしまうこともある。

松前からはよく藩船や商船が往来しており、奉行所役人として頼めば、いつでも乗せてもらえた。

江戸から帰ってすぐの休日、幸四郎は松前藩船で、松前を訪ねたのである。『柳』という茶屋は、昆布を干す匂いのする浦の路地にある、そこそこ構えの大きな二階建ての茶屋で、あらかじめ番所で調べをつけておいた。

日暮れを待って二階の小座敷を取り、銚子を二、三本空けてから、おきぬという女を指名した。

少し間をおいて、軽やかに階段を上がってくる音がして、女が入ってきた。二十三、四だろうか、地味な紺色の小袖に赤い前垂れをした、小柄な女だった。

その色白の顔を見て、幸四郎は驚きに打たれた。目元も口元もくっきりとしていてたいそう美しいが、純粋な和人ではなかったのだ。

(門馬の女は、アイヌとの混血なのだ)

そのことが思いがけなく、また面白くも思えた。

「お侍さん、箱館から来なさったんですって?」

おきぬは酌をしながら、屈託なく話しかけて来た。和語を普通に使いこなし、目には媚《こび》を湛えて、その笑顔にはそそるような色気がある。

「でも箱館のお人が、どうしておきぬの名前をご存じでした? 藩のお役人さんから聞きなさったたん……?」

「ああ、まあ、そんなところだ」

幸四郎はすぐには切り出せず、さらに数本、徳利を空けた。

「実はある人間に、これを届けるよう頼まれて来たのだ」

言って、膳の上に、磯六のシモヤケ薬を出した。

「あら。これ、軟膏じゃありませんか」

手に取ってしげしげと見て、気味悪げに言った。

「何ですか、これ何の薬ですか」

「シモヤケだ」

「まあ。それをどうしてこのあたしに？　一体どなたです、そのご親切なお方は？」

「門馬豪助だ」

「…………」

おきぬは飛びのくように、幸四郎から離れた。その顔から笑みが消え、それきりまるで貝が殻に入り込むように黙り込んで、警戒するように眉をひそめている。

「そんなに驚かんでもいい。私は味方だ」

「……門馬様がどうされました？」

「ともあれ、門馬殿を知っているね」

相手がこっくり頷くのを見て、おもむろに言った。

「私は頼まれて来たのだ、薬をおきぬに渡してくれと」

「今、どこにおられます……」

幸四郎は黙っておきぬに盃を渡し、酒を注いだ。それを呑み干すのを見てから、身分を明かし、詳しい顚末を語ったのである。

七

「……その伝馬牢とやらに入ったら、生きて出られるのですか？」

おきぬは真っ青な顔で、声を震わせた。

「もちろんだ。遠島や蟄居や手鎖《てぐさり》など、沙汰はいろいろある」

「門馬様はどうなるのですか」

「それはお上《かみ》のお裁き、我々があれこれ案じても仕方なかろう。いずれ沙汰が出ようから、知らせようか」

おきぬは首を振った。

「あたしは字が読めないです。それに、門馬様が死ぬはずありません。約束したのです、何かあっても必ず生きて迎えに来るって……」

一気に言って、大粒の涙を溢れさせた。

幸四郎は何と答えていいか分からず、黙って盃を口に運んだ。よく聞く和人の、〝いつか迎えに来る〟というやつか……。

「いえ、あのお方とは何もありませんが、恩人なのです」

涙を拭きながら、何か察したように言った。

おきぬは二十歳の春、十勝のコタンから出たという。

「ただ一人の身内の爺ちゃんが、連れ出してくれました」

コタンでは生きにくい事情があった。和人との混血で、母は自殺していたから、男が寄りつかないのだという。

箱館では、和人、アイヌ、異人、混血児など、さまざまな人がこだわりなく暮らしていると聞く。爺ちゃんはその町に孫娘を住まわせたかったが、誰にも託せないでいた。

だが自分の死期を悟って意を決し、はるばる西を目指して旅立ったのである。かねてから親しい落部村の乙名へイジロウに、孫娘を託す気だったらしい。ところが陸路は遠く、困難が多い。

祖父は、日高《ひだか》のコタンの手前で倒れた。

途方に暮れているところを救ってくれたのが、たまたま水夫として内地から来ていた門馬豪助だった。

門馬は二人を日高のコタンまで送り届けてくれたが、そこで祖父は死に、葬いもすませてくれた。

さらに松前に帰る商船を探し出し、いかなるツテがあってか、その老船頭に頼み込み、おきぬを託したのである。松前に無事ついたおきぬは、親切な船頭の口利きで、この店で働くようになった。

一年後、すなわち去年の夏、おきぬを案じた門馬がこの店に立ち寄って、再会したのだという——。


門馬のことを語るおきぬの面影は、今も幸四郎の目に焼き付いている。少しはにかんだような笑みは、この絵の印象と変わらない。

というよりこの絵は、無心で恥ずかしそうでどこか寂しげなおきぬの持ち味を、よく捕らえていたのだ。

幸四郎は、この絵の娘とよく似たおきぬという女が、松前まで流れついた顚末を、門馬の部分だけぼかして、屛山に語って聞かせた。

自分がその店に行ったのは、偶然ということにした。

「…………」

話を聞き終えても、屛山は一言も発しない。絵具で汚れた脇息《きょうそく》にもたれ、しばし遠くを見ていた。

「……そうか、ハツメはコタンを出たがや」

呟くと立ち上がり、ごそごそと簞笥《たんす》の引き出しをかき回した。

「支倉さんよ、おらァ、これから松前さ行ぐでな、馬を貸してくれねべか」

「え、ちょっと待ってくださいよ、これから行くって、道をご存じで？」

「海沿いに行けば、丸二日で行けるべな」

言いつつ、出掛ける準備を始めている。

「無理ですよ……」

「いや、おらが行がねば、お天道《てんと》さんが許さんよ」

「しかし、先生なら十日ぐらいかかります、無理です」

「何を言うがや、手を放せや」

幸四郎は焦った。こんな呑んだくれが、せいぜい一山越えて馬に振り落とされるのが関の山だろう。

「よく似ているとはいえ、万一、人違いだったらどうしますか」

「いや、この世の中に顔の似た人間はいるが、十勝のコタンで爺ちゃんと暮らす混血の別嬪など、二人とおらんべな」

「ここはこの支倉にお任せください。私が行って連れて来ます。松前に行く船のツテがあるし、明後日は奉行所が休みだから、行って屏山先生の話をして、必ず連れて帰ります」

思わずそう口走っていた。

二日後、幸四郎はまた松前行きの藩船に乗せてもらった。

自分も連れて行ってくれ、と大変な勢いで頼み込む屏山を何とか説得しての、日帰りの旅である。

松前はちょうど桜が満開の季節で、箱館留守居役から花見を勧められていた。その役人に頼んで船を融通してもらったのだ。

松前に着いたのは、昼頃だった。

幸四郎は、すぐに先日来た道を辿り、海辺に近い『柳』を訪ねた。

路地の奥にあるどっしりした門構えの店だが、門の中の庭園には桜が咲き、鶏が放し飼いになっている。

店は営業しており、昼時だったから、玄関は賑わっていた。

客を送って出て来た年配の女中をとらえ、おきぬを呼んでくれるように頼んだ。

「え、おきぬちゃん？」

丸髷に結った、微かにまだ色香をとどめる女は、幸四郎を値踏みするように鋭く一瞥した。

「おきぬちゃんは……」

少し困ったように同僚の姿を目で探しながら、言った。

「あの子、どうしたんでしょうねえ。居なくなっちまったんですよ」

「ええっ？」

幸四郎は仰天し、息が詰まりそうになった。

「いつのことだ？」

「そうですねえ、もうかれこれ半月以上になりますか」

では自分が訪ねて来た直後になるのか。

身の回りの物だけ持って突然姿を消した、と女が言うのを上の空で聞きつつ、考えた。

どこへ行った？　江戸か。江戸の伝馬牢か？

「どこへ行ったか、分からぬか」

「ええ、ずいぶん探したんですけど、松前にはいないみたいでねえ……いえ、借金なんてないんだけど、皆心配で……」

最後まで聞かずに一礼し、呆然とその場を離れた。


幸四郎は、松前城に続く丘を喘《あえ》ぐように上っていた。

脳天に降り注ぐ陽は意外に強く、急ぐと汗が滲んだ。

この町は山が海に迫っており、海辺を離れると、すぐ登り坂だった。歴代の松前氏は、アイヌの襲撃を恐れ、山を背にし眼下にすぐ海を見下ろせる安寧《あんねい》の地に、城を構えたと聞いたことがあるが、その通りの地形である。

急ぐ理由は何もないが、ともかく少し高い所で一息つきたかった。これでは屏山に面目がたたないではないか。何と言ったらいいか、静かな所で考えたかった。

武家屋敷の立ち並ぶ道を横切り、また急な坂を登り、その上に石垣に沿ってゆるい坂道をさらに登る。

坂道の両側は桜が満開だった。松前氏のいつの代かの奥方が京の公家の出身で、お里帰りのたび、京の桜を持ち帰って咲かせ、懐かしんだと藩役人から聞いている。

道が城門で遮られてから、横の道を入り、暗い木立を抜けて小高い丘に出た。そこにもこんもりと桜が咲き、小鳥が鳴いていた。

そこからは松前の海が見下ろせた。

幸四郎は、草むらにゴロリと仰向けに寝そべった。

何という因果だろう。そんな思いに襲われ、呆然としていた。

屏山に何と弁明したらいいのか。

なぜこんな事態になったか、運命の糸がもつれて、よく分からなかった。自分が余計なことをしたのがいけなかったか。シモヤケ薬など渡しに行って、真実を知らせた自分が愚かだったか。

だが門馬の頼みなら、火中の栗でも摑み出したい気持ちだった。といって、屏山の頼みでも、同じようにしたい自分である。

小出奉行なら何と言う。奉行所に走り帰って、その言葉を聞きたかった。

見上げる目の上はるかに、真っ青な空が広がっている。青というより碧、江戸では見られぬ空だ。

絵の女が纏っているのは、この深い空を切り取ったような色だった……と見るうち、こんなものかもしれぬとも思えてくる。そう予定通り行くことなんぞ、この世には多くはないのだ。

屏山先生すまぬ……と詫びつつ、いつしか睡魔に襲われて目を閉じていた。

蝦夷地の空は碧く深く、ゆうゆうと白い雲が動いていく。

時代小説

二見時代小説文庫

小出大和守《こいでやまとのかみ》の秘命《ひめい》　箱館奉行所始末《はこだてぶぎょうしょしまつ》2

著者　森《もり》 真沙子《まさこ》

発行所　株式会社 二見書房
東京都千代田区三崎町二－一八－一一
電話　〇三－三五一五－二三一一［営業］
〇三－三五一五－二三一三［編集］
振替　〇〇一七〇－四－二六三九

印刷　株式会社 堀内印刷所
製本　ナショナル製本協同組合

落丁・乱丁本はお取り替えいたします。
定価は、カバーに表示してあります。

ISBN978－4－576－14036－0
http://www.futami.co.jp/

箱館奉行所始末　異人館の犯罪
森　真沙子［著］
元治元年（1864年）支倉幸四郎は箱館奉行所調役として五稜郭へ赴任した。異国情緒あふれる街は犯罪の巣でもあった！　幕末秘史を駆使して描く新シリーズ第1弾！

日本橋物語　蜻蛉屋お瑛
森　真沙子［著］
この世には愛情だけではどうにもならぬ事がある。土一升金一升の日本橋で店を張る美人女将が遭遇する六つの謎と事件の行方……心にしみる本格時代小説

迷い蛍　日本橋物語2
森　真沙子［著］
御政道批判の罪で捕縛された幼馴染みを救うべく蜻蛉屋の美人女将お瑛の奔走が始まった。美しい江戸の四季を背景に人の情と絆を細やかな筆致で描く第2弾

まどい花　日本橋物語3
森　真沙子［著］
〝わかっていても別れられない〟女と男のどうしようもない関係が事件を起こす。美人女将お瑛を捲き込む新たな難題と謎…。豊かな叙情と推理で描く、第3弾

秘め事　日本橋物語4
森　真沙子［著］
人の最期を看取る。それを生業とする老女瀧川の告白を聞き、蜻蛉屋女将お瑛の悪夢の日々が始まった…。なぜ瀧川は掟を破り、触れてはならぬ秘密を話したのか？

旅立ちの鐘　日本橋物語5
森　真沙子［著］
喜びの鐘、哀しみの鐘、そして祈りの鐘。重荷を背負って生きる蜻蛉屋お瑛に春遠き事件の数々…。円熟の筆致で描く出会いと別れの秀作！　叙情サスペンス第5弾

子別れ　日本橋物語6

森　真沙子［著］

風薫る初夏、南東風と呼ばれる嵐が江戸を襲う中、二人の女が助けを求めて来た……。勝気な美人女将お瑛が、優しいが故に見舞われる哀切の事件。第6弾！

やらずの雨　日本橋物語7

森　真沙子［著］

出戻りだが、病いの義母を抱え商いに奮闘する通称とんぼ屋の女将お瑛。ある日、絹という女が現れ、紙問屋若松屋主人誠蔵の子供の事で相談があると言う……。

お日柄もよく　日本橋物語8

森　真沙子［著］

日本橋で店を張る美人女将お瑛に、祝言の朝に消えた花嫁の身代わりになってほしいという依頼が……。多様な推理小説を追究し続ける作家が描く下町の人情

桜《はな》追い人　日本橋物語9

森　真沙子［著］

美人女将お瑛のもとに、岡っ引きの岩蔵が凶報を持ち込んだ……！「両国河岸に、行方知れずのあんたの実父が打ち上げられた」というのだ。シリーズ第9弾！

冬蛍　日本橋物語10

森　真沙子［著］

天保の改革で吹き荒れる不況風。日本橋も不況風が……。賑わいを取り戻す方法を探す、女将お瑛の活躍！天保の改革に立ち向かう江戸下町っ子の人情と知恵！

与力・仏《ほとけ》の重蔵　情けの剣

藤　水名子［著］

続いて見つかった惨殺死体の身元はかつての盗賊一味だった…。鬼より怖い凄腕与力がなぜ〝仏〟と呼ばれる？男の生き様の極北、時代小説に新たなヒーロー！新シリーズ！

二見時代小説文庫

人生の一椀 小料理のどか屋 人情帖1

倉阪鬼一郎［著］

もう武士に未練はない。一介の料理人として生きる。一椀、一膳が人のさだめを変えることもある。剣を包丁に持ち替えた市井の料理人の心意気、新シリーズ！

倖せの一膳 小料理のどか屋 人情帖2

倉阪鬼一郎［著］

元は武家だが、わけあって刀を捨て、包丁に持ち替えた時吉の「のどか屋」に持ちこまれた難題とは…。心をほっこり暖める時吉とおちよの小料理。感動の第2弾

結び豆腐 小料理のどか屋 人情帖3

倉阪鬼一郎［著］

天下一品の味を誇る長屋の豆腐屋の主が病で倒れた。このままでは店は潰れる。のどか屋の時吉と常連客は起死回生の策で立ち上がる。表題作の外に三編を収録

手毬寿司 小料理のどか屋 人情帖4

倉阪鬼一郎［著］

江戸の町に強風が吹き荒れるなか上がった火の手。店を失った時吉とおちよは無料炊き出し屋台を引いて復興への一歩を踏み出した。苦しいときこそ人の情が心にしみる！

雪花菜飯《きらずめし》 小料理のどか屋 人情帖5

倉阪鬼一郎［著］

大火の後、神田岩本町に新たな店を開くことができた時吉とおちよ。だが同じ町内にけれん料理の黄金屋金多が店開きし、意趣返しに「のどか屋」を潰しにかかり…

面影汁 小料理のどか屋 人情帖6

倉阪鬼一郎［著］

江戸城の将軍家斉から出張料理の依頼！隠密・安東満三郎の案内で時吉は江戸城へ。家斉公には喜ばれたものの、知ってはならぬ秘密の会話を耳にしてしまった故に…

命のたれ　小料理のどか屋 人情帖7
倉阪鬼一郎［著］

とうてい信じられない世にも不思議な異変が起きてしまった！ 思わず胸があつくなる！ 時を超えて伝えられる命のたれの秘密とは？ 感動の人気シリーズ第7弾

夢のれん　小料理のどか屋 人情帖8
倉阪鬼一郎［著］

大火で両親と店を失った若者が時吉の弟子に。皆の暖かい励ましで「初心の屋台」で街に出たが、事件に巻きこまれた！ 団子と包玉子を求める剣呑な侍の正体は？

味の船　小料理のどか屋 人情帖9
倉阪鬼一郎［著］

もと侍の料理人時吉のもとに同郷の藩士が顔を見せて相談事があるという。遠い国許で闘病中の藩主に、もう一度江戸の料理を食していただきたいというのである。

希望粥《のぞみ》　小料理のどか屋 人情帖10
倉阪鬼一郎［著］

神田多町の大火で焼け出された人々に、時吉とおちよの救け屋台が温かい椀を出していた。折しも江戸では男児ばかりが行方不明になるという事件が連続しており…。

居眠り同心 影御用　源之助 人助け帖
早見俊［著］

凄腕の筆頭同心がひょんなことで閑職に……。暇で暇で死にそうな日々に、さる大名家の江戸留守居から、極秘の影御用が舞い込んだ！ 新シリーズ、第1弾！

朝顔の姫　居眠り同心 影御用2
早見俊［著］

元筆頭同心に御台所様御用人の旗本から息女美玖姫探索の依頼。時を同じくして八丁堀同心の不審死が告げられた。左遷された凄腕同心の意地と人情。第2弾！

与力の娘 居眠り同心 影御用3

早見俊［著］

吟味方与力の一人娘が役者絵から抜け出たような徒組頭次男坊に懸想した。与力の跡を継ぐ婿候補の身上を探れ！「居眠り番」蔵間源之助に極秘の影御用が…！

犬侍の嫁 居眠り同心 影御用4

早見俊［著］

弘前藩御馬廻り三百石まで出世した、かつての竜虎と謳われた剣友が、妻を離縁して江戸へ出奔。同じ頃、弘前藩御納戸頭の斬殺体が、柳森稲荷で発見された！

草笛が啼《な》く 居眠り同心 影御用5

早見俊［著］

両替商と老中の裏を探れ！北町奉行直々の密命に居眠り同心の目が覚めた！ 同じ頃、母を老中の側室にされた少年が江戸に出て…。大人気シリーズ第5弾

同心の妹 居眠り同心 影御用6

早見俊［著］

兄妹二人で生きてきた南町の若き豪腕同心が濡れ衣の罠に嵌まった。この身に代えても兄の無実を晴らしたい！血を吐くような娘の想いに居眠り番の血がたぎる！

殿さまの貌《かお》 居眠り同心 影御用7

早見俊［著］

逆袈裟魔《ぎゃくげさま》出没の江戸で八万五千石の大名が行方知れずとなった！元筆頭同心で今は居眠り番と揶揄される源之助のもとに、ふたつの奇妙な影御用が舞い込んだ！

信念の人 居眠り同心 影御用8

早見俊［著］

元筆頭同心の蔵間源之助に北町奉行と与力から別々に二股の影御用が舞い込んだ。老中も巻き込む阿片事件！同心の誇りを貫き通せるか。大人気シリーズ第8弾

惑《まど》いの剣　居眠り同心 影御用9
早見俊［著］

元筆頭同心で今は居眠り番、蔵間源之助と岡っ引京次が場末の酒場で助けた男は、大奥出入りの高名な絵師だった。これが事件の発端となり…。シリーズ第9弾

青嵐《せいらん》を斬る　居眠り同心 影御用10
早見俊［著］

暇をもてあます源之助が釣りをしていると、暴れ馬に乗った瀕死の武士が…。信濃木曽十万石の名門大名家に届けてほしいと書状を託された源之助は……。

風神狩り　居眠り同心 影御用11
早見俊［著］

源之助の一人息子で同心見習いの源太郎が夜鷹殺しの現場で捕縛された。濡れ衣だと言う源太郎。折しも街道筋を盗賊「風神の喜代四郎」一味が跋扈していた！

嵐の予兆　居眠り同心 影御用12
早見俊［著］

居眠り同心の息子源太郎は大盗賊「極楽坊主の妙蓮」を護送する大任で雪の箱根へ。父の源之助には妙蓮絡みで奇妙な影御用が舞い込んだ。同心父子に迫る危機！

七福神斬り　居眠り同心 影御用13
早見俊［著］

元普請奉行が殺害され亡骸には奇妙な細工！向島七福神巡りの名所で連続する不思議な殺人事件。父源之助と新任同心の息子源太郎による「親子御用」が始まった。

蔦《つた》屋でござる
井川香四郎［著］

老中松平定信の暗い時代、下々を苦しめる奴は許せぬと反骨の出版人「蔦重」こと蔦屋重三郎が、歌麿、京伝ら「狂歌連」の仲間とともに、頑固なまでの正義を貫く！